Andrea Reichart
Safranträume

Andrea Reichart

Safranträume

Andrea Reichart hat Buchhändlerin gelernt und Anglistik/Germanistik (MA) studiert. Sie publizierte in den frühen Neunzigern wissenschaftlich und besaß einen kleinen Verlag und eine Buchhandlung in Essen, ehe sie 2008 nach Iserlohn zog, um dort bis Ende 2009 das Literaturhotel Franzosenhohl zu leiten. An dessen Konzept war sie maßgeblich beteiligt. 2010 gründete sie ihre Agentur Leseziel. 2011 erschien ihr Roman *Nenn mich Norbert* (Mönnig Verlag), der gleich für einen Literaturpreis nominiert wurde (DeLiA Literaturpreis 2012). Sie arbeitet als Lektorin, gibt Blitz-Workshops für Autoren, organisiert Buchpartys, Wellness-Lesungen und das literarische Programm im Literaturhotel. Im Lokalfunk Iserlohn moderiert sie die Sendung *Literatur zu Gast*. Im August 2012 erschien ihre Kurzgeschichte *Adventsträume* in der Anthologie *Der vierte König* (Kaufmann Verlag, hrsg. von Georg Leifels). *Safranträume* ist ihr zweiter Roman.

Andrea Reichart ist Mitglied bei DeLiA, der Vereinigung deutschsprachiger Liebesromanautoren.

Personen und Handlung dieses Romans sind frei erfunden. Der Ort nicht. Mit Zufall hat das wenig zu tun.

Verlegt durch Oldigor Verlag
Drosteallee 25, 46414 Rhede
Copyright © 2012 Andrea Reichart
Alle Rechte vorbehalten
Nachdruck, auch auszugsweise, nicht gestattet
Covergestaltung: Oldigor Verlag
Druck: Klever GmbH, Bergisch Gladbach
1. Auflage
ISBN 978-3-943697-44-5

www.oldigor-verlag.de

Inspiriert dich ein Freund, schenke ihm Poesie.

Inspiriert dich ein Ort, schenke ihm eine Geschichte.

Inspirieren dich beide, widme ihnen ein Buch.

Für HH und seine Hotel gewordene Vision

Kapitel 1

Johannes Sorglos blickte auf und schmunzelte. Das Lachen der beiden Kinder, die sich dort hinten in der Sesselecke des Hotelfoyers über ein Buch beugten, hatte etwas Ansteckendes. Außer ihnen waren keine Gäste im Haus. Die Weihnachtsferien neigten sich dem Ende zu, die meisten Familien waren schon wieder abgereist, und die 14-jährige Lara und ihr gleichaltriger Freund Roger wirkten wie zurückgelassenes Gepäck.

Sorglos kannte die Mutter des Jungen, die ab und zu bei ihm die Zimmer reinigte. Laras Eltern waren gebildete, viel beschäftigte Menschen und sie die begabte aber einzige Tochter. Ein richtiges Schlüsselkind. Bildhübsch, etwas zu dünn für seinen Geschmack und mit einem ganz besonderen Händchen für Hunde.

Kaum hatte er das Wort *Hund* gedacht, bellte es auch schon. Sorglos runzelte die Stirn. Wenn Pocke, sein nichtsnutziger Mischling, jetzt anfing Theater zu machen, würde er ihn persönlich zurück in die Wohnung bringen. Der Hund hatte im Hotel nicht zu bellen, basta. Als habe sie es gespürt, lockte Lara den wuscheligen Vierbeiner zu sich und gab ihm ein Zeichen. Gehorsam legte er sich vor ihre Füße.

Johannes Sorglos hatte den Köter von Laras Vater bekommen. Irgendwie war der Mann im Tierschutz tätig und schleppte laufend herrenlose Hunde aus dem Ausland ein. Warum er das tat, war Sorglos immer schon ein Rätsel gewesen. Der Mann sollte sich lieber mal um das Mädchen kümmern. Als er seine Tochter eines späten und bereits dunklen Abends tatsächlich mal abgeholt hatte, was ausgesprochen selten geschah, saß ein Welpe auf dem Rücksitz des Wagens. Laras Vater hatte Sorglos ohne Umschweife ein Bündel Geldscheine in die Hand gedrückt. „Sie müssen mir einen Gefallen tun", sagte er und zeigte auf den Hund. „Für ihn suche ich noch ein Zuhause. Lara hängt sehr an dem Kleinen. Sie würde ihn am liebsten behalten, aber wir haben schon vier Hunde, mehr geht wirklich nicht." Dann sah er Sorglos ernst an. „Ich weiß, dass meine Tochter mehr Zeit bei Ihnen verbringt als zuhause, und ich bin Ihnen sehr dankbar, dass Sie das gestatten. Wenn Sie den Hund nähmen, hätten Sie nicht nur Gesellschaft, sondern auch gleich einen Wachhund, und Lara hätte einen Grund mehr, zu Ihnen zu kommen statt auf dumme Gedanken. Wir sind einfach zu viel unterwegs, meine Frau und ich. Was meinen Sie?"

Sorglos betrachtete skeptisch den zitternden Welpen und versuchte vergebens, darin den zukünftigen Wachhund zu erkennen. Er presste die Lippen zusammen und überlegte. Lara war erst zwölf. Was dachte sich der Mann eigentlich? Das hier war schließlich ein Hotel und kein Jugendheim! Ehe er jedoch antworten konnte, drückte Laras Vater ihm einen weiteren Packen Scheine in die Hand. Sorglos kam sich vor wie ein Kinderhändler.

„Für Ihr Verständnis, Ihre Mühe und die Getränke der Kinder", sagte Herr Valentin, öffnete die Tür des Wagens, holte den jungen Hund heraus und drückte ihm das verängstigte Tier samt Leine in die Arme.

„Mein Gott, dafür können die beiden noch Jahre lang Kakao trinken", rutschte es Sorglos heraus, als er versuchte, das Geld in die Jackentasche zu stecken, ohne dabei das kleine Hundewesen fallen zu lassen.

Valentin klopfte ihm dankbar auf die Schulter und schmunzelte. „Sie haben das Herz auf dem rechten Fleck, Herr Sorglos, auch wenn Sie sich viel Mühe geben, das zu verbergen!"

Das war nun zwei Jahre her.

Johannes Sorglos mochte die beiden Jugendlichen inzwischen sehr. Anfangs hatte er oft genau hingeschaut. Was flüsterten sie denn ständig miteinander, wenn sie mit dem Hund zurückkamen, sich in die Ecke zu den Büchern setzten und ihre Taschen auspackten? Erst nach und nach war er hinter ihr Geheimnis gekommen, eher zufällig. Sie lernten. Das hieß, eigentlich unterrichtete Lara ihren stillen Freund. Nein, auch nicht richtig. Lara las ihm vor. Alles. Jede Mathe Aufgabe, jedes physikalische Rätsel, jeden Text aus jedem Schulbuch, kurz: den gesamten Stoff des gesamten Schuljahres. Dann sprachen sie darüber, überlegten, und schrieben schließlich in ihre Hefte. Lara schrieb schnell. Roger schrieb wie ein Erstklässler. Aber er schrieb. Und soweit Sorglos wusste, gingen sie nach wie vor in dieselbe Klasse, also musste Laras Methode, so ungewöhnlich sie ihm vielleicht erscheinen mochte, doch irgendwie funktionieren.

Wenn alle Schularbeiten erledigt waren und der Hund gut versorgt war, dann begann der gemütliche Teil ihrer Nachmittage. Dann lehnte sich Lara zurück und fragte Roger, ob er eine Geschichte hören wolle. Dabei schien es sie überhaupt nicht zu interessieren, ob andere Gäste zuhörten oder gar der Direktor selbst. Das Mädchen holte einfach tief Luft und begann zu lesen. Und das Wunder geschah jeden Tag aufs Neue: Sie las ihre selbst geschriebenen Geschichten vor, ohne auch nur ein einziges Mal zu stottern.

Johannes Sorglos hätte nicht sagen können, was ihn dabei

mehr rührte: die Mühelosigkeit, mit der sie ihr Sprachproblem ablegte, das vermutlich der Grund dafür war, dass sie nur diesen einen stillen Außenseiter zum Freund hatte? Oder war es die Ernsthaftigkeit ihrer Themen? Sorglos hatte keine eigenen Kinder, er war nicht einmal verheiratet. Es hatte sich für ihn einfach nie die Richtige gefunden. Das konnte vorkommen, das war kein Drama. Aber dennoch wusste er, dass junge Mädchen wie Lara normalerweise nicht über Elfen schrieben, die sich von Wasserfällen in den Tod stürzen wollten oder von dornröschenhaften Gärten, in denen königliche Eltern ihr Leben lang vergeblich nach ihren Kindern suchten. Meine Güte, wieso war das Kind so ernst?

Sorglos hatte eine Menge Arbeit mit seinem gut gehenden Hotel und weder Zeit noch Lust, sich zu viele Gedanken um die beiden Teenager in seinem Foyer zu machen. Sie schienen ja zurechtzukommen. Sie wuchsen und gediehen, sie hatten gute Manieren und zumindest Lara war ausgesprochen kreativ. Über Roger konnte Sorglos wenig sagen. Der Junge sprach selten bis gar nicht, aber nicht, weil er auch gestottert hätte, oh nein. Der Junge sprach völlig normal. Nein, in ihm schien etwas anderes zu arbeiten, und wenn er wetten durfte, dann würde Sorglos jetzt einfach mal behaupten, der Junge sei bis über beide Ohren verliebt in das junge Fräulein, das sich gerade ihre dicke Winterjacke anzog, die Bücher einpackte und Pocke an die Leine nahm.

„Tja, Junge", dachte der Direktor und seufzte. „Da mach dich mal auf was gefasst." Um Lara zu halten, würde sich der schweigsame Knabe noch etwas einfallen lassen müssen, da war sich Sorglos sicher. So gut kannte er das weibliche Geschlecht. Auf Dauer musste man ihnen mehr bieten als Stille.

Dann wandte er sich wieder seiner Arbeit zu. Er war schließlich ein knallharter Geschäftsmann und hatte noch anderes zu tun, als sich den Kopf zu zerbrechen über zwei Halbwüchsige, von denen die eine jetzt wie selbstverständlich den Schlüssel zu seiner Wohnung vom Schlüsselbrett nahm und sagte „Wi... wi... wir bringen Pocke eben runter, füttern ihn u... u... und sind dann weg. Tschüss, Herr Sorglos!"

„Trödelt ja nicht rum!", murmelte der Direktor ohne aufzublicken und nickte nur kurz, als Roger sich mit einem leisen „Dann bis morgen" von ihm verabschiedete.

Kapitel 2

„Und dann bekommst du einen Privatlehrer. Du wirst sehen, das wird großartig!"

Laras Mutter strahlte ihre Tochter an, die mit entsetzt aufgerissenen Augen vor ihr stand.

„Nun komm schon, Mücke, mach nicht so ein Gesicht! Du wirst sehen, das wird das Abenteuer deines Lebens!"

Ihr Vater hatte den Arm um die verunsicherte Mutter gelegt und versuchte ganz offensichtlich, ihr Rückendeckung zu geben.

Lara schwieg. Dann drehte sie sich auf dem Absatz um und ging in ihr Zimmer. Draußen im Zwinger hörte sie die Hunde bellen. Die Sonne stand hoch, es war ein kalter Januartag, ihre Eltern hatten frei und sie hätte theoretisch keinen Grund gehabt, sich mit Roger bei Sorglos zu treffen, wäre Pocke nicht gewesen. Das, dachte Lara bitter, hatte ihr Vater nicht kommen sehen, als er ihren Welpen vor zwei Jahren einfach im Hotel abgeliefert hatte. Er hatte gemeint, sie hätte das Manöver nicht durchschaut. Wie blöd konnten Erwachsene eigentlich sein? Na gut, hatte sie damals gedacht, wenn ihr uns nicht wollt, dann gehen wir eben ins Hotel.

Lara biss die Zähne zusammen, um nicht aufzuschreien. Verdammt! Warum war sie nur noch nicht alt genug, um bestimmen zu können, dass sie in Deutschland bleiben würde? Sie sollte Pocke verlassen? Und Roger? Wie sollte das gehen?

Tränen schossen ihr in die Augen. Meine Güte, wie sollte sie ihrem Freund das bloß beibringen? Übermorgen würden sie schon abfahren. Übermorgen! Das hatten ihre Eltern extra so eingefädelt, da war sie absolut sicher. Das kam doch einer Entführung gleich, oder? Konnte sie nicht irgendwo um Asyl bitten? Im Hotel? Oder in einer Kirche?

Lara schluchzte auf. Roger! Er würde das nie verstehen, nie! Wie sollte er die Schule denn ohne sie schaffen? Mann, was für ein Mist!

Lara lief zwischen Fenster und Kleiderschrank hin und her. Sollte sie einfach abhauen? Sachen packen und untertauchen? Würde Roger mitkommen? Wenn er doch nur ein Handy hätte, mit dem man telefonieren könnte und nicht nur diesen lausigen, antiken Knochen, der nur noch Fotos machen konnte! Wenn seine Mutter nur nicht so geizig wäre!

Sofort erschrak sie. Nein, Frau Roland war nicht geizig. Sie passte nur aufs Geld auf, seitdem Rogers Vater abgehauen war. Und Roger konnte nicht jobben, weil ihm sonst die Zeit gefehlt hätte, mit ihr zu üben.

Lara spürte, wie sich ihr Magen verkrampfte. Sie war zwar erst vierzehn, daran hatte sie ihr Vater eben mehr als einmal erinnert, aber sie wusste genau, dass Roger es ohne sie nicht schaffen würde. Wie sollte das auch gehen? Wenn er am Montag zur Schule käme, dann wäre der Platz neben ihm leer und würde leer bleiben, weil seine beste Freundin mit den Eltern in einer Nacht-und-Nebel-Aktion mal eben in den tiefsten Osten Europas gezogen war, in die Pampas, um ein Tierheim für Straßenhunde aufzubauen. Super!

Vielleicht könnten sie Roger mitnehmen? Der blöde Privatlehrer könnte ihn doch einfach mit unterrichten, oder? Der würde sich sicher nicht dauernd über ihn lustig machen wie ihr Deutschlehrer, der sich so cool vorkam, wenn er die Arbeiten zurückgab und jeden, aber auch jeden von Rogers vielen Fehlern mit der ganzen Klasse besprach. „Auch wenn hier niemand außer Roger eine solch ungewöhnliche Lese- und Rechtschreibschwäche hat, kann euch die Übung nicht schaden, oder?", säuselte er dann scheinheilig und genoss die vielen Lacher, die er auf Kosten ihres Freundes erntete. Mann, war der Typ bescheuert. Er merkte gar nicht, wie sie in der Pause über ihn herzogen. Roger war nämlich in der Klasse ganz schön beliebt, auch wenn niemand Lust hatte, mit ihm zu üben. Gut so, sonst hätte er ja weniger Zeit für mich, dachte Lara und wusste, was sie machen musste. Sie musste mit ihm sprechen, und zwar sofort.

Als sie dick eingemummt das Haus verließ, hörte sie ihre Mutter rufen „Wo gehst du hin, Kind?!", aber da schlug die schwere Haustür bereits hinter ihr ins Schloss.

Es war nicht weit bis zu Roger. Er würde sich wundern, dass sie zwei Stunden früher kam als gewöhnlich. Verflixt, war das kalt! Der Winter hatte es in sich.

„Genau das ist der Grund, warum wir so schnell fortmüssen, Schatz", hatte ihr Vater gesagt und beim Reden Unterlagen sortiert und in eine Aktentasche geschoben. „Der Winter ist dort, wo wir hinfahren, noch schlimmer, und die Hunde sterben den Leuten unter den Händen weg."

„Wie.. wie … wie wollt ihr denn im Schnee ei… ei… ein Tierheim aufbauen?", hatte sie ihn angefunkelt.

„Wir haben zwei Häuser gekauft, die werden wir wieder umfunktionieren. Du weißt doch, wie wir arbeiten, Lara. Erst die Soforthilfe, dann der Aufbau, dann die Übergabe an die örtlichen Tierschützer. In diesem Fall hat uns Ulli gerufen, die kennst du doch noch, oder? Die hat uns die Mutter von Pocke gebracht, erinnerst du dich nicht? Sie braucht dringend Hilfe, ihr sterben die Hunde unter den Händen weg bei den Minusgraden, die dort gerade herrschen. Wir heizen die Häuser auf, dann holen wir aus der Station, die Ulli betreut, so viele Tiere raus, wie es geht und danach sehen wir weiter."

Klar. Ihre Eltern hatten mal eben wieder zwei Häuser gekauft. Logisch. Wieso wunderte sie sich überhaupt noch?

„Wie viele Zi... Zi... Zimmer?" Lara kannte die Antwort eigentlich schon.

„Insgesamt zwanzig, wenn du es so genau wissen willst", sagte ihr Vater und verließ den Raum, um etwas in den Überseekoffer zu stopfen, der im Flur stand.

Ja, sie hatte es geahnt. Zwei Villen, sicher ohne Nachbarn weit und breit und rundherum hoch eingezäunt. Wie immer. Das kam davon, wenn man reiche Eltern hatte. Eltern, die das Erbe der eigenen, noch reicheren Eltern in Tierschutz investierten, in ganz Europa. Wie Batman und Robin eilten sie von Land zu Land und halfen mit ihrem Vermögen fremden Tierschützern, Hunde zu retten. Nahm das denn nie ein Ende? Hatten sie denn nicht längst schon genug geholfen? Konnten sie den Tierschützern nicht einfach Geld in die Hand drücken und ihnen am Telefon erklären, was sie damit machen sollten? Scheinbar nicht. Papa war davon überzeugt, dass er vor Ort sein musste. Eines Tages würde sie auch begreifen, warum. Ha! Wenn er sich da mal nicht täuschte!

Lara merkte, dass sie sehr schnell ging. Die Wut trieb sie durch die Kälte. Sie waren nicht einmal seit zwei Jahren zurück in Deutschland und packten bereits wieder. Gott, wie sie das hasste! Was nutzte es ihr, dass sie ein wenig Spanisch sprach, ein wenig Italienisch, ein wenig Griechisch, wenn sie doch eigentlich nur ein ganz normales Mädchen hier in Deutschland sein wollte, das nicht stotterte und das endlich einmal Freunde behalten durfte? Wieder spürte sie, wie die Tränen kamen, aber dieses Mal versuchte sie erst gar nicht, sie zu unterdrücken. Wenn sie jemand sah, würde er glauben, der eisige Wind sei schuld.

Es war ja nicht so, dass sie etwas gegen die Arbeit ihrer Eltern hatte, im Gegenteil. Lara hatte schon vor Jahren begriffen, wie wichtig es war, nicht nur dauernd von Tierschutz zu sprechen, sondern ihn auch zu leben. Noch in Spanien, wo sie gelebt hatten, bevor sie nach Deutschland zurückkehrten, war sie aus freien Stücken Vegetarierin geworden, was ihre Mutter sehr übertrieben fand und ihr Vater als vorübergehende Marotte bespöttelt hatte. Aber das war inzwischen auch schon vier Jahre her, und sie hatte nicht nachgegeben. Sollten sich ihre Eltern halt etwas einfallen lassen, wenn sie wollten, dass die ständigen Mäkeleien der Freunde, sie könne magersüchtig werden, aufhörten. Und so hatten sie Lara beigebracht, sich aus einem Vorratsschrank mit vegetarischen Fertiggerichten zu ernähren, die zwar alle satt machten aber nicht wirklich gut schmeckten.

„Was soll das denn sein?", hatte Roger eines Tages, als er mit zu ihr gekommen war, angewidert gefragt.

„Soja-Burger", antwortete sie und lachte. „Keine Sorge, das schmeckt besser als es aussieht, und dafür musste kein Tier sterben. Und hierfür auch nicht." Dann holte sie die Zutaten für ihren heiß geliebten Salat aus dem Kühlschrank.

Roger grinste und begann, den Salat zu putzen, Tomaten, Paprika und was sie sonst noch bereitgelegt hatte zu zerschneiden und die Soße zu würzen. Das war etwas, was er wirklich liebte: Essen zuzubereiten. Er versorgte seine drei jüngeren Geschwister schon seit Jahren, seitdem seine Mutter den ganzen Tag weg war und auf zwei Putzstellen arbeitete. Und er war richtig gut.

Lara seufzte. Ok, das waren alles nur einfache Gerichte, die er für die Zwillinge und seine Schwester zubereitete, aber es roch großartig, wenn er kochte, das musste sie zugeben, auch wenn sie nicht verhindern konnte, dass Bilder von leer gefischten Weltmeeren vor ihren Augen auftauchten, sobald er die Packung mit den Fischstäbchen aufriss, und panische Rinder im Schlachthof, sobald er das Gehacktes aus dem Kühlschrank nahm.

Wenn sie Zeit hatte, dann gab sich Lara besonders viel Mühe mit ihrem Salat. Sie liebte Kräuter über alles und pflegte einen richtigen kleinen Kräutergarten. Im Sommer draußen im Garten, im Winter eben drinnen. Ihr Zimmer glich meistens einem Treibhaus und das fand sie wunderbar.

„Bist du verrückt?", fragte Roger sie entsetzt, als sie ein paar gelbe Blüten von einer Blume pflückte, sich eine davon genussvoll in den Mund schob und die anderen liebevoll auf dem Salat verteilte.

„Ganz und gar nicht, probier doch mal!" Wenn sie mit Roger alleine war, hörten die Worte auf zu stolpern. Sie flossen einfach zu ihm hin, als wäre Sprechen nicht mühsam, sondern die natürlichste Sache der Welt.

Er hatte die Blüte mit geschlossenen Augen buchstäblich im Mund zergehen lassen und schien zu überlegen, zu welchen Gerichten sie wohl passen würde. Dann sah er sie an und meinte, das schmecke gar nicht so schlecht. Sie erinnerte sich, wie sie sich ausgeschüttet hatten bei dem Gedanken, wie blöd die Kleinen gucken würden, wenn plötzlich Blüten auf ihrem Spinat schwimmen würden.

Sie würde sich weigern zu packen! Genau, das war die

Lösung! Es machte keinen Sinn mehr, zu versuchen mit ihren Eltern zu reden. Egal, wie gut sie sich die Worte zurechtlegen würde, sie würden ja doch nicht an einem Stück aus ihrem Mund kommen und am Ende nur einen mitleidigen Blick ihrer Mutter und zusammengepresste Zähne ihres Vaters provozieren, der sich hartnäckig weigerte, die Anweisung ihres Therapeuten zu befolgen und das Stottern einfach zu ignorieren.

Lara war so wütend! Es würde ihr nie und nimmer gelingen, ihren Eltern klarzumachen, dass sie wirklich und wahrhaftig keinen weiteren Umzug mehr überstehen würde, dass sie nicht fort wollte von Pocke und vor allem nicht von Roger, von dem sie letztens sogar geträumt hatte. Einen sehr schönen Traum, bei dem er sie in den Arm genommen und geküsst hatte. Und in ihrem Traum war es vollkommen ruhig und still gewesen. Warum sie das so schön gefunden hatte, konnte sie nicht einmal genau sagen, sie wusste nur, dass es jetzt nicht aufhören durfte, nicht jetzt! Sie wollte nicht schon wieder fortgehen müssen!

Vor Rogers Haus wischte sie schnell mit der Hand über das Gesicht und die Tränen weg, dann schellte sie, und ihr wurde klar, dass sie dies vermutlich gerade zum letzten Mal tat. Schluchzend sank sie auf die Knie.

Als Roger schließlich die Tür öffnete, konnte sie ihn vor lauter Tränen kaum noch erkennen.

Kapitel 3

Lara war fort.

Roger bemerkte gar nicht, wie Pocke ihn durch den nassen Wald zog. Eigentlich durfte er das nicht, und der Hund wusste das auch, aber da Roger keine Lust hatte, das Ziehen mit einem Ruck zu beenden, musste sich der Hund ja denken, dass es ausnahmsweise wohl mal ok war. Lara hätte das nicht durchgehen lassen, das wusste Roger genau.

Lara.

Die Schule war die Hölle. Der leere Stuhl neben ihm wirkte wie eine Bedrohung, und um ein Haar hätte er am ersten Tag beinahe vor allen Klassenkameraden angefangen zu heulen. Hatte er nicht, Gott sei Dank, aber das war fast so schwer gewesen wie damals, als sein Vater ausgezogen war, und alle zuhause geweint hatten außer ihm.

Als Lara fortgegangen war, war seine Mutter abends spät noch mal in sein Zimmer gekommen, was sie sonst nie tat. Sie stand in der Tür, er konnte ihr Gesicht nicht erkennen. Ihre Stimme klang nicht so barsch wie sonst, als sie ihn fragte, ob alles in Ordnung sei mit ihm.

Er wollte antworten: „Nein, ist es nicht, und wird es auch nicht mehr. Nie mehr", aber dann murmelte er: „Geht so".

Sie räusperte sich und sagte dann leise: „Wenn du reden willst, komm rüber." Dann schloss sie vorsichtig wieder die Tür.

Roger ging nicht zu ihr. Wie hätte das auch gehen sollen? Was wusste sie denn schon, wie er sich fühlte? Wie hätte er ihr erklären sollen, dass mit Lara irgendwie auch die Sonne nach Osten abgehauen war, das Lachen, alle Pläne, alles

Schöne in seinem Leben? Wenn er das jemandem erzählt hätte, dann hätten sie ihn glatt in die Klapse gesteckt.

Roger hatte sich im Bett umgedreht, geheult wie ein Baby und irgendwann die Finger auf seine Lippen gelegt. Er hatte sie am Sonntag, bevor sie fuhr, vor ihrem Haus in den Arm genommen und ihr einen Kuss gegeben, ganz kurz nur, aber es war ein Kuss gewesen. Sein erster und ihrer wahrscheinlich auch, so wie sie gezittert hatte. Dann war er losgerannt. Er war gerannt, bis er zuhause war, und so wie er sich gefühlt hatte, wäre er gerne weiter gerannt, so lange, bis er aufgewacht wäre und sich alles nur als ein richtig mieser Albtraum herausgestellt hätte. Aber das war kein Traum gewesen, das war knallharte Realität. Lara war fort.

Roger bog in einen schmalen Waldweg ein, der ihn und Pocke auf kürzestem Weg zurück zum Hotel führen würde. Er hatte schon seit Tagen keine Lust mehr auf lange Spaziergänge, wie er sie sonst mit Lara so oft gemacht hatte. Eigentlich hatte er auf überhaupt nichts mehr Lust, ehrlich. Aber Lara hatte das geahnt und ihn schwören lassen, bei allem, was ihm heilig war, dass er sich von nun an alleine um den Hund kümmern würde. Es wäre einfach nicht fair und Pocke würde es auch überhaupt nicht verstehen können, wenn plötzlich die beiden Leute, die er am meisten liebte, gleichzeitig aus seinem Leben verschwinden würden.

Roger wusste, dass sie Recht hatte.

Lara hatte außerdem gemeint, es würde ihn vielleicht trösten, wenn er einfach so weiter machen würde, als wäre sie nur kurz weg. Nun, er versuchte es jeden Tag aufs Neue, aber das Einzige, was er empfand, war tiefe Traurigkeit, denn sie kam nie zurück, sie blieb einfach verschwunden. Da konnte er sich vorstellen, was er wollte, es drängten sich immer nur verschwommene Bilder von ihr in einem Land auf, das sich seiner Vorstellungskraft hartnäckig entzog. Er fühlte sich dann so, als sei sie gestorben.

Nicht ganz so schlimm war es, wenn er seinen Schulatlas aufschlug und dieses Land mit dem unaussprechlichen Namen suchte und mit dem Finger die Straßen entlang fuhr. Dann schien sie ihm erreichbar, aber die Wut auf die Erwachsenen, die genug Macht gehabt hatten, sie zu trennen, wurde dabei so mächtig, dass er erschrak und immer ganz schnell wieder den Atlas zuklappte. Seine Traurigkeit und sein Zorn vermischten sich nachts in seinen Träumen zu einem Gefühl von Machtlosigkeit und dem sehnlichen Wunsch, die Zeit möge schneller vergehen und er rascher erwachsen werden, denn nur dann – das wusste er genau – würde er etwas ändern können. Wenn er erwachsen war und Geld verdiente und selbst über sein Leben entscheiden konnte, dann würde er sie zurückholen, das hatte er sich geschworen. Er musste es nur irgendwie schaffen, bis dahin durchzuhalten. Es konnte einen nämlich verrückt machen zu beobachten, wie langsam sich die Zeiger der Uhr vorwärts quälten und wie elendig lange es dauerte, älter zu werden.

Pocke schien dieses Problem nicht zu kennen. Er hatte ihn am Tag von Laras Abreise mit der üblichen Freude begrüßt und lediglich ein wenig geschnuppert, ob seine Freundin nicht vielleicht doch in der Nähe sei.

Roger beneidete Pocke zutiefst. Der musste wenigstens nicht so tun, als sei er ein Held. Roger hatte sich noch nie in seinem Leben weniger heldenhaft gefühlt als jetzt. Lara hatte ihn gebeten, tapfer zu sein und das mit der Schule irgendwie alleine zu versuchen. Klar, dachte Roger, mach ich locker. Ich kann keine fünf Sätze lesen, ohne dass die

Buchstaben vor meinen Augen verschwimmen und ich müde werde, nichts ergibt einen Sinn, was sich zwischen zwei Buchdeckeln versteckt und nicht von Laras Stimme ans Licht gelockt wird, und meine Hand tut so, als sei sie nur zum Gabelhalten da und nicht zum Schreiben. Das wird ein Kinderspiel!

Er war heute nach dem Unterricht in die Stadtbibliothek gegangen und hatte sich ein Buch über Osteuropa ausgeliehen. Die Frau, die dort arbeitete, hatte gestaunt, dass er noch keinen Ausweis besaß. „Vielleicht kommst du ja bald öfter?", versuchte sie ihn aufzumuntern, als er mit dem Bildband unterm Arm zum Ausgang ging. „Mal sehen", antwortete Roger und verließ schnell das Gebäude.

Zuhause hatte er das Buch direkt in sein Zimmer gebracht. Er würde es sich in Ruhe anschauen, wenn seine Mutter zurück war und ihm die Kleinen vom Hals hielt. Am Ende wollten sie noch, dass er ihnen etwas daraus vorlas, das fehlte ihm noch. Kein Grund, dass sie hautnah mitbekamen, wie schlecht er las.

Seine Mutter wusste das natürlich, hatte es immer gewusst und sich sogar viel Mühe mit ihm gegeben, als sein Vater noch zuhause lebte. Sonst hätte er wohl kaum die sechste Klasse geschafft. Aber dann hatten in den Ferien die Streitereien und das Schreien begonnen, und er war froh gewesen, dass man ihn nicht beachtete.

Als er am ersten Schultag der siebten Klasse aus der Hölle der Sommerferien aufgetaucht war, hatte er einen Vater weniger und eine Klassenkameradin mehr gehabt, Lara.

Sie war sehr schweigsam gewesen am Anfang, und bald hatte er auch verstanden, warum. Irgendjemand hatte sie geschubst, gar nicht mit Absicht, glaubte er, und sie hatte ihn angefaucht: „Pa… pa… pass doch auf!", und das war's gewesen. Von da an hatten immer irgendwelche Holzköpfe gekichert, wenn sie aufgezeigt hatte, aber genau das hatte er an ihr ja so bewundert, dass sie es trotzdem tat. Und weil er nicht weniger mutig sein wollte als sie, hatte er versucht, die Texte mit den kleinen Buchstaben zu lesen und hatte versucht, im Unterricht mitzuschreiben, wenn man das von ihm verlangte, obwohl er sich doch alles merken konnte und diesen blöden Stift gar nicht brauchte.

Lara war das schnell aufgefallen. „Meine Güte, was hast du für ein wa… wa… wahnsinniges Gedächtnis!", sagte sie in einer Pause, und es klang aufrichtig beeindruckt. „Aber das Lesen ist nicht ga… ga… ganz dein Ding, oder?" Damit hatte ihre Freundschaft begonnen.

Ihr Heimweg war derselbe, und der führte sie, wenn sie trödeln wollten, am Hotel Sorglos vorbei, das direkt am Wald lag. Roger erzählte, seine Mutter arbeite manchmal dort und fragte Lara, ob sie es mal von innen sehen wolle? Sie war begeistert und total neugierig, und so gingen sie rein und tranken einen Kakao, den Lara spendierte.

Sie setzten sich und Lara meinte, sie wolle mal etwas ausprobieren. Sie nahm ein Schulbuch, schlug es an einer beliebigen Stelle einfach auf und las ihm etwas vor. Nicht viel, aber Stoff, den sie noch nicht durchgenommen hatten. Dann klappte sie das Buch zu und fragte: „Was habe ich gerade vorgelesen? Worum ging es da?" Und Roger fasste es zusammen, ohne ein einziges Detail auszulassen.

„Wow! So machst du das also! Nicht schlecht! Hat deine Mutter dir geholfen?"

„Ja", antwortete Roger. „Jedenfalls im letzten Schuljahr noch."

„Oh." Sie überlegte kurz. „Wenn du willst, dann kann ich das ja jetzt machen."

Und dann sorgten sie beide dafür, dass sie sich Tag für Tag, wenn er seine Geschwister versorgt hatte, im Hotel treffen konnten. Irgendwann fiel ihm auf, dass sie kaum stotterte, wenn sie alleine waren und überhaupt nicht, wenn sie etwas vorlas.

„Du musst mir helfen", meinte Lara eines Tages und sah ihn grinsend an.

„Wie denn?"

„Ich schreibe Geschichten, und ich will sie jemandem vorlesen, der mir auch mal sagt, ob sie gut sind oder großer Mi... Mist."

„Ok", meinte Roger begeistert. So kam er sich wenigstens nicht vor wie ein Blödmann, der Nachhilfe bekam. Wenn eine Hand die andere wusch, war das schon ganz in Ordnung so.

Und dann hatte sie eine eigene Geschichte vorgelesen und es war unglaublich gewesen. Sie stotterte natürlich nicht ein einziges Mal und was sie las, gefiel ihm so gut, dass er aufsprang. „Wow! Das war super! Hast du davon noch mehr?"

Das war vor zwei Jahren gewesen und er hatte die Geschichte noch immer im Kopf. Sie handelte von einem Mädchen und ihren schweigsamen Freund. Sie rannten fort und landeten in einem Tal, das voller Blüten stand. Dort richteten sie sich in einer Höhle ein, freundeten sich mit den Wildtieren an und ernährten sich von den Pflanzen, die dort wuchsen. Den Zugang zum Tal versperrte bereits am nächsten Tag ein Fels und vor ihrer Höhle breitete sich ein Feld mit den schönsten Blumen aus, die im Wechsel der Jahreszeiten blühten. Das Mädchen gab dem paradiesischen Tal den geheimnisvoll klingenden Namen *Safran*, erntete magische Pflanzen und der Junge zauberte damit auf die Speisen, die er für sie beide zubereitete, einen goldgelben Schimmer. Das Wunderbare war, dass sie nach jeder Mahlzeit über größere Zauberkräfte verfügten.

Und wenn man das Mädchen nicht entführt hätte, dann fände man sie heute noch dort, dachte Roger bitter. Er hielt den Kopf gesenkt und sah doch nicht, wohin er trat. Seine Füße versanken im aufgeweichten Waldboden, Pocke zog, der Regen prasselte auf sein nasses Haar und lief ihm über den Nacken in die Jacke. Er spürte es nicht, so wie er eigentlich gar nichts mehr zu spüren schien, außer einer tiefen Mutlosigkeit, die ihm unter die Haut kroch, das Atmen schwer machte und das Weitergehen fast unmöglich. Am liebsten hätte er sich unter einen Busch gelegt und wäre einfach eingeschlafen, bis Lara zurückkam und ihn weckte. Aber Roger wusste, dass niemand kommen würde. Die Zeit stand still. Er war alleine und er würde es bleiben. Vermutlich für immer.

Kapitel 4

Sie hatte nichts gemerkt. Absolut gar nichts. Der Junge war morgens mit ihnen allen aus dem Haus gegangen, ordentlich angezogen, Schultasche auf dem Rücken. Er war mit seinen Geschwistern in den Bus gestiegen und mittags pünktlich zuhause gewesen. Dann war er wie jeden Tag zu Sorglos gegangen und hatte dort den Hund des Direktors versorgt und Hausaufgaben gemacht. Hatte sie geglaubt. Bis heute. Bis dieser elende Brief von der Schule in ihr Leben geflattert war und das Vertrauen in ihren Ältesten mit einem Schlag zunichtegemacht hatte.

Sie blickte ihn an, wie er dort saß und die Tischplatte anstarrte, als könne er ihr nicht mehr in die Augen sehen. Sie hatte die Zwillinge und Tanja in ihre Zimmer geschickt, aber sie wusste, dass sie die Türen nicht geschlossen hatten und nur darauf warteten, wie gewaltig das Donnerwetter werden würde, das unweigerlich auf ihren älteren Bruder niederprasseln würde. Rita Roland konnte anhand der Stille erkennen, dass keines der Geschwister Schadenfreude empfand. Nein, sie hatten Angst um Roger. Genau wie sie, seine Mutter.

Was hatte sich der Junge nur dabei gedacht? Er war, so stand es dort schwarz auf weiß, seit mehr als einer Woche nicht mehr in der Schule gewesen und nun wollte man wissen, wie krank er sei oder welchen Grund es wohl sonst geben könnte, dass er von ihr daheim gehalten würde. Freundlicherweise wies man sie darauf hin, dass seine Leistungen in den letzten vier Monaten ins Bodenlose gesunken seien, wie sie doch sicher aus den letzten beiden Briefen hatte entnehmen können, und dass man mit ihr gerne persönlich und vor allem rechtzeitig eine Lösung gesucht hätte, wenn sie der Einladung zum Elternsprechtag gefolgt wäre.

Welche Briefe? Welche Einladung?

Das machte es für Rita Roland nicht leichter. Offensichtlich hatte Roger nicht nur die Schule geschwänzt, er hatte auch Post verschwinden lassen, so als sei dies das Normalste der Welt. Wenn sie heute den Briefträger nicht persönlich vor der Tür abgefangen hätte, wer weiß, ob sie je erfahren hätte, was passiert war. Wahrscheinlich nicht.

So ließ sich einfach das Zusammenleben nicht durchhalten, so ging das nicht! Sie hatte geglaubt, sie hätte den Kindern klar gemacht, dass sie zusammenhalten müssten. Dass Ehrlichkeit und Offenheit das Wichtigste wäre in ihrer Situation, die seit dem Auszug von Horst alles andere als leicht für sie alle war.

Rita legte den Brief auf den Küchentisch und setzte sich. Roger hatte sich verändert. Er befand sich mitten in der Pubertät, da musste man ja bald jeden Tag mit einer Überraschung rechnen, aber das hier war anders. Aus seinen Augen war das Leuchten verschwunden, das hatte nichts zu tun mit Hormonen und Stimmbruch und erstem Flaum auf der Oberlippe. Das ging tiefer.

Roger erinnerte sie an Horst. Wirklich, der Junge hatte eine Menge von seinem Vater geerbt. Er würde groß werden und kräftig, das konnte man jetzt schon sehen. Das dunkle, dichte Haar würde die Mädchen verrückt machen in Kombination mit den strahlend blauen Augen, die er von ihr geerbt hatte. Und er war hübsch. Sein Gesicht hatte sich ein wenig mehr ins Kantige verändert, aber nur ganz leicht, so als wisse es noch nicht so genau, ob es nicht vielleicht doch schnell wieder eines nachts zurückwechseln wolle ins kindlich Runde.

Zu allem Überfluss war heute sein fünfzehnter Geburtstag. Deshalb hatte sie sich ja freigenommen und mit einer vollen Einkaufstüte vor der Tür die Post in Empfang nehmen können. Normalerweise war der Postbote doch längst durch, wenn sie um drei nach Hause kam.

Sie hatte die schweren Taschen in die Küche geschleppt, hatte sich den leichten Mantel ausgezogen und die Terrassentür aufgerissen. Dass sie überhaupt noch hier wohnen konnten, verdankte sie Horsts Großzügigkeit. Na, das war ja auch das Mindeste, was man von einem Mann verlangen konnte, der eine Frau mit vier Kindern verließ, weil er sich in eine Kollegin aus der eigenen Küche verknallt hatte. Männer konnten ja so blöd sein, es war nicht auszuhalten, ehrlich. Natürlich hatte sich das Flittchen längst einen anderen gesucht, und jetzt hockte er da, der Horst, auf einer Alm in der Schweiz, kochte für Touristen, wohnte in einem winzigen Appartement und schickte jeden Cent nach Hause, damit sie und die Kinder nicht ganz den Bach runtergehen würden. Sie hätte nur mit dem Finger schnippen müssen, dann wäre er zurückgekommen, aber das konnte ihm so passen! Sie würde es schon schaffen und zwar ganz alleine, darauf konnte er seine Schweizer Alm verwetten.

Roger hielt den Kopf noch immer gesenkt und schwieg. Fünfzehn und schon das Herz gebrochen, dachte Rita und presste die Lippen zusammen. Sie konnte sich gut erinnern, wie sie damals an diesem Tisch gesessen hatte, als Horst gegangen war und gedacht hatte, das wäre es gewesen. Und sie konnte sich erinnern, dass ihre Augen genauso leer und ohne Glanz gewesen waren, wie die ihres Sohnes.

Aufgefallen war ihr das schon vor Monaten, als Lara weggezogen war, aber sie hatte gedacht, bei ihm würde es ähnlich sein wie bei ihr. Er würde sich aufrappeln, würde die Schultern straffen und weitermachen. Es hatte doch alles so gut geklappt in der Schule! Warum denn auf einmal nicht mehr? Meine Güte, man konnte sich auch anstellen, ehrlich.

Trotzdem, der Junge tat ihr leid. Auch wenn die Kleinen sich die Ohren verrenken würden, um zu hören, wie sie schimpfte, sie würden enttäuscht werden. Rita Roland war nach diesem Schock das Schreien buchstäblich im Hals stecken geblieben. Was sollte sie jetzt brüllen und toben? Damit würde sich doch ohnehin nichts mehr einrenken lassen. Das Kind war längst in den Brunnen gefallen. Wenn es stimmte, was hier in diesem verfluchten Brief stand, dann würde Roger nicht nur die achte Klasse nicht schaffen, nein, er würde auch wegen Schwänzens von der Schule fliegen.

Super. Mann weg und ein Minderjähriger auf der Straße. Ohne Schulabschluss. Ganz großartig. Horst würde ihr den Kopf abreißen, wenn er es erfuhr. Rita überlegte kurz, ob sie es ihm überhaupt sagen sollte. Na, vielleicht würde sie einfach warten, bis er von selbst danach fragte. Er hatte dort oben auf seiner Alm jetzt Hochsaison und die würde nahtlos bis zum nächsten Frühjahr gehen, mit den ganzen Touristen, denen kein Berg zu hoch und kein Schnee zu tief war. Wer wusste schon, was sich bis dahin ergeben würde.

Rita sah ihren Sohn genauer an. Wo hatte er sich denn rumgetrieben in den letzten Tagen? War er vielleicht längst in schlechte Gesellschaft geraten?

„Sieh mir mal in die Augen", sagte sie, und er hob langsam den Kopf. Ja, er schämte sich. Das war ein gutes Zeichen. Die Pupillen sahen normal aus. Gekifft hatte er also nicht. Rita war nicht blöd. Es sah zwar nicht so aus, als nähme er Drogen oder so, aber sicher war sicher.

„Streck mal deine Arme aus."

Roger wirkte irritiert, hielt sie ihr aber, ohne zu zögern, entgegen. Mit sicherem Griff schob Rita erst den rechten, dann den linken Ärmel bis zum Ellenbogen hoch. Gott sei Dank. Keine Einstichwunden. Er roch auch nicht nach Alkohol oder Zigaretten. Was also ging in diesem schönen Pubertistenschädel vor sich?

„Du fliegst von der Schule."

„Ich weiß."

„Willst du mir erzählen, was schief gelaufen ist?"

Roger zuckte nur mit den Schultern, sein Blick hatte sich wieder an der Tischplatte festgesaugt.

Rita wartete. Nein, da würde nichts kommen und sie wusste auch nicht, wie sie weiterfragen sollte. Na gut, er hatte immer mit Lara im Hotel Schularbeiten gemacht, aber das hatte sie für eine Ausrede gehalten. Die beiden waren ineinander verknallt gewesen, das war alles, und da hatte sie doch nicht die Spielverderberin sein wollen. Der Junge war zwar ungewöhnlich schweigsam für sein Alter, aber schlau wie ein Fuchs, er hatte offensichtlich einen Weg gefunden, sich mit seiner blöden Leseschwäche zu arrangieren. Oder sie hatte sich ausgewachsen. Schließlich hatte er überall ein ausreichend erreicht, mündlich war er in manchen Fächern sogar befriedigend.

Konnte es sein, dass der Verlust seines Vaters und dann auch noch Laras Wegziehen einfach zu viel gewesen waren und in ihm endgültig den Rebell geweckt hatten? Wenn dem so war, dann würde er jetzt lernen müssen, was es bedeutete, die Regeln zu brechen und sich für erwachsener zu halten, als man war. Es war eh nichts mehr zu retten in diesem Schuljahr, da konnte sie ihn auch genauso gut bis September, wenn er dann auf einer anderen Schule unterkam, mal am eigenen Leib erleben lassen, was es hieß, sich in der Welt der Erwachsenen behaupten zu müssen. Der würde sich wundern!

„Ich werde nicht zur Schule gehen", erklärte Rita Roland ihrem Sohn mit sehr energischer Stimme. „Sieh mich an, wenn ich mit dir rede."

Roger hob den Kopf.

„Wenn du meinst, du musst dort nicht mehr hin, dann ist das nicht nur deine Sache, damit du es weißt. Mir ist es schnurzpiepegal, aber dem Staat nicht. Du bist noch schulpflichtig, und sie werden dich holen, darauf kannst du dich verlassen, es sei denn, du suchst dir eine Lehrstelle. In fünf Wochen sind Ferien. Bis dahin hast du was gefunden, sonst kannst du was erleben. Danach schleppe ich dich persönlich an den Haaren zum Arbeitsamt. Du meinst, du bist schon so schlau und so erwachsen? Dann sieh zu, wie du dort draußen zurechtkommst. Kriege ich auch nur einen einzigen Anruf von der Polizei oder sonst wem, weil du Mist baust, dann lernst du mich kennen, das schwöre ich dir, Junge."

Rita hoffte inständig, dass ihre Augen vor Wut Funken sprühten. In ihrer Familie war Gewalt nie ein Thema gewesen. Sie hatte keinen blassen Schimmer, wie sie ihre Drohung in die Tat umsetzen würde, sollte Roger wider Erwarten nun auch noch den unbelehrbaren Aussteiger in sich entdecken und versuchen ihr zu zeigen, was seiner Ansicht nach eine Harke war.

Meine Güte, sie hatte nie gedacht, dass sie sich Horst mal zurückwünschen würde, aber dafür waren Väter wohl wichtig, gerade bei fünfzehnjährigen Söhnen. Sie hatten die tiefe Stimme, die viel drohender klingen konnte als die vergleichsweise helle der Mama. Damit konnten sie irgendwie besser ins Unterbewusstsein ihrer Kinder vordringen. Rita hatte immer gesagt, Väter könnten halt überall in der Natur höher an einen Baum pinkeln als ihre Söhne, und das würde wie bei allen Jungtieren sofort ins Stammhirn einsickern und dort auf ewig für Ruhe sorgen.

Nun, Roger musste nicht erfahren, wie sie über solche Sachen dachte. Er musste nur begreifen, dass aus der gutgläubigen Glucke Mama heute die ernüchterte und skeptische Mutter geworden war, die ihren Junior jetzt probeweise aus dem Nest warf.

Er durfte erst recht nicht wissen, dass ihre schlaflosen Nächte damit erst richtig beginnen würden, bis sie nämlich sicher sein konnte, dass ihr Sohn nicht nur begriff, dass er Flügel hatte, sondern auch, wofür er sie nutzen konnte.

Kapitel 5

Johannes Sorglos war irritiert. Waren denn schon wieder Ferien? So früh im Juni? Der Junge tauchte nun zum wiederholten Mal vormittags auf, um Pocke abzuholen. Eigenartig. Vor zwei Wochen hatte er Roger zum obligatorischen Kakao ein Stück Kuchen zum fünfzehnten Geburtstag spendiert und versucht, sich ein wenig mit ihm zu unterhalten, ehe er ihm Laras letzten Brief in die Hand drückte. Sorglos hatte schon kurz nach ihrer Abreise eine Karte von Lara erhalten. Ob sie Rogers Briefe ans Hotel schicken dürfe? Sie wisse nicht, ob seine Mutter sie ihm geben würde, deshalb wolle sie sie lieber ans Hotel adressieren. Außerdem, so hatte sie ihm mitgeteilt, hoffe sie, dass Roger dann umso lieber kommen würde, um sich um Pocke zu kümmern.

Sorglos hatte ihr einen kurzen Brief zurückgeschrieben. Roger käme täglich, er würde natürlich gerne ihre Post weiterreichen. Er hatte nichts davon geschrieben, wie schlecht es ihrem Freund ging. Sorglos war schließlich nicht blind. Ein glücklicher Teenager sah anders aus.

Pocke hatte sich daran gewöhnt, dass nun nicht mehr Lara für seine Unterhaltung und sein Wohlergehen zuständig war, sondern Roger. Es war aber nicht so, dass der Hund vor die Hunde ging, wenn der Junge nicht kam. Sorglos legte Wert darauf, Roger das deutlich zu machen. Bei ihrem letzten Gespräch, das eigentlich eher ein Direktorenmonolog gewesen war, hatte er ihn gefragt, wie es ihm ginge und was die Schule mache, und da hatte der Junge ihn vermutlich schon angelogen. Das fehlte ihm noch, dass Roger herumerzählte, er müsse ins Hotel, um sich um den Hund des Direktors zu kümmern und könne deswegen nicht zur Schule!

Sorglos seufzte. Ehrlich gesagt hätte er den Jungen nicht für mutig genug gehalten, zu schwänzen. Denn das schien eindeutig, wie der Blick in den Kalender ihm gerade bestätigt hatte: Es waren noch keine Ferien. Wenn Roger kein Attest hatte, das ihn vom Schulbesuch befreite, dann steckte er in größeren Schwierigkeiten, als er zugeben wollte.

Sorglos hatte eben versucht, etwas aus ihm heraus zu bekommen, aber sie waren immer wieder unterbrochen worden. Das Telefon klingelte an einem Stück, die Köche liefen in der Küche Amok, weil so viele Gäste gleichzeitig angemeldet waren und jetzt hatte sich gerade auch noch die Spülküchenaushilfe krankgemeldet. Verdammt!

Stirnrunzelnd beobachtete Sorglos, wie Roger dem Hotel-Hund ein neues Kunststück beibrachte. Er saß wie üblich in der Sesselecke bei den Büchern und wirkte ohne seine Freundin einfach nur verloren. Na, wenigstens schien langsam Leben in ihn zurückgekehrt zu sein. In den ersten Wochen hatte er nur stumm dort gehockt und in aufgeschlagene Schulbücher gestarrt, ohne je die Seiten umzublättern. Da war es schon fast eine Wohltat zu sehen, wie er mit Pocke übte. Er zielte mit einer fiktiven Pistole auf das Tier und rief laut: „Päng!". Pocke warf sich begeistert auf den Rücken und streckte alle viere von sich. Sorglos musste grinsen. Gar nicht so blöd, sein Köter!

Vielleicht sollte er noch einen letzten Versuch wagen und sich für ein paar Minuten zu dem Jungen setzen. Er musste ihm klarmachen, dass er, der Direktor, in Schwierigkeiten kommen würde, wenn seine Mutter erfuhr, dass ihr Sohn hier seine Vormittage verbummelte, statt sie ordentlich in der Schule abzusitzen.

Sorglos verließ seinen Schreibtisch an der Rezeption. Er warf einen kurzen Blick in den Spiegel und strich sich die wenigen Haare, die er noch hatte, zu Recht. Hatte er abgenommen? Eigenartigerweise nicht, sein Bauch wölbte sich praller denn je unter der Anzugsjacke. Unglaublich, dachte er, bei dem Stress in der letzten Zeit. Wenn das so weiterging, dann würde er doch noch Leute einstellen müssen. Möglich wäre es. Und sicher nicht ganz blöd. Er hatte nur noch sieben Jahre bis zur Rente, man war ja nicht mehr der Jüngste. Sorglos schüttelte den Kopf. Und kein Nachfolger weit und breit.

Das war die Kehrseite der Medaille, wenn man keine Familie aufgebaut und keine Nachkommen gezeugt hatte, dachte er. Dann war die Arbeit eines ganzen Lebens umsonst gewesen. Wenn er keinen Käufer fand, der das Hotel weiterführen wollte, dann musste er es am Ende einfach schließen und alles, wofür er geschuftet hatte, würde sich in Nichts auflösen. Es sei denn, er arbeitete weiter, bis sie ihn eines Tages mit den Füßen zuerst aus seinem Lebenswerk trugen. Auch keine tollen Aussichten. Er hatte so gehofft, im Alter genießen zu können, wie jemand fortführte, was er sein Leben lang aufgebaut hatte, nämlich ein Hotel, wie man es so schnell nicht noch einmal finden würde.

Sorglos seufzte. Pocke war wieder von den Toten auferstanden und hatte ihn am anderen Ende des Foyers an der Rezeption entdeckt. Seit Lara fort war, litt der blöde Köter offensichtlich an mangelnder Zuwendung und hatte sich erbarmt, ihn als potenziellen Freund in die engere Wahl zu ziehen. Endlich. Nicht, dass Sorglos darunter gelitten hätte, dass Pocke ihn seit seiner Ankunft nur wie einen Mitbewohner behandelte, nicht aber wie des Hundes besten

Freund. Nein, sicher nicht, das wäre ja albern gewesen. Aber es hatte ihn doch berührt, als der Mischling nach Laras Abreise eines Abends vor dem Sofa gestanden und um Streicheleinheiten gebeten hatte.

Sorglos, der Pocke in der Regel ebenso wenig beachtet hatte wie der Hund ihn, war sehr überrascht gewesen, dass das struppige, wuschelige Fell so weich war, als der Hund seinen Kopf wohlig und mit geschlossenen Augen in seine Hand geschmiegt hatte. Seitdem hatten sie sich einander jeden Abend ein wenig mehr angenähert.

Er blickte noch ein letztes Mal in den Spiegel, zog den Bauch ein und schlenderte zu Roger und seinem vor Freude tänzelnden Hund hinüber.

„Hallo, Herr Sorglos." Roger stand auf und reichte ihm die Hand.

„Hallo, Roger! Wie ich sehe, lernt Pocke täglich etwas Neues von dir?" Sorglos setzte sich und begann, Pocke zu kraulen.

„Ist halt ein gelehriger Kerl", murmelte Roger und hatte den Blick schon wieder abgewandt.

Meine Güte, würde der Junge je diese Schüchternheit ablegen? Oder hatte er ein schlechtes Gewissen, weil er eigentlich gar nicht hier sein durfte um diese Uhrzeit? Gerade als Sorglos ihn darauf ansprechen wollte, klingelte sein Haustelefon.

„Sorglos!", bellte er ungehalten, als er die Nummer der Küche erkannte. „Na, dann soll das halt jemand anderer machen, einer von den Lehrlingen. Wir haben doch genug. … Wie, Sie können niemanden entbehren?! Die paar … ja, ich weiß…. Nein, natürlich nicht… Ja, ich komm gleich runter." Er drückte das Gespräch weg und schnaufte.

Es war nicht einfach, gute Köche zu bekommen, da musste selbst er als Direktor manchmal klein beigeben. Mit einem Seufzer stemmte sich Sorglos aus dem bequemen Sessel hoch. Es sollte wohl nicht sein, dass er und der Junge heute Klartext redeten.

„Tut mir leid, Roger, ich muss mal runter. Eine Spülhilfe ist ausgefallen, die drehen am Rad." Er wandte sich um und ging zur Treppe.

„Herr Sorglos?"

Fast meinte Sorglos, sich verhört zu haben. Verblüfft blieb er stehen und drehte sich um.

„Ich habe Zeit und brauche Arbeit. Kann ich nicht in der Spülküche helfen?"

Sorglos musste sich zwingen, den Mund zu schließen, der ihm vor Überraschung aufgeklappt war. Er überlegte. Der Junge hatte ein funktionierendes Hirn, zwei gesunde Arme und Hände und Lust zu arbeiten. Warum eigentlich nicht?

„Was sagt deine Mutter dazu?"

„Sie sagt, ich soll mir was suchen."

„Hm. Bring den Hund in die Wohnung und komm runter in die Küche, dann zeige ich dir, worum es geht. Beeil dich, ehe ich es mir anders überlege."

Roger zögerte einen Augenblick, dann leinte er Pocke an, schnappte sich seine Sachen und flitzte los.

„Aha, schnell bewegen kann er sich also auch. Nicht schlecht." Sorglos überschlug in Gedanken den Personalplan der nächsten Woche. Doch, den Jungen schickte der Himmel. Wahrhaftig. Er war bereit, es mit ihm zu versuchen. Teller und Tassen in eine Maschine stellen, Gläser und Besteck polieren, das würde einen Fünfzehnjährigen nicht umbringen.

Sorglos machte sich in Gedanken eine Notiz, Rita Roland heute Abend anzurufen. Je nachdem, wie sich der Junge schickte, konnte er ihm vielleicht helfen.

Zum ersten Mal seit Tagen hatte Sorglos das Gefühl, seinem Namen wieder ein wenig Ehre zu machen. Leise summend und gut gelaunt stieg er die breite Treppe zum Restaurant und zur Küche hinab. Er war plötzlich sehr zufrieden mit sich. Sehr zufrieden.

Kapitel 6

Die Woche war vergangen wie im Flug. Roger rieb sich die feuchten Hände an der Schürze ab, die er mit einem gewissen Stolz trug und blickte auf den Berg von sauberem Geschirr, das er wegräumen musste. Danach würde er sich Pocke schnappen, mit ihm nach Hause spazieren, für die Kleinen kochen und auf seine Mutter warten.

Herr Sorglos hatte ihm die fensterlose Spülküche mit der unglaublich schnellen Profi-Spülmaschine vor sieben Tagen vorgeführt und ihm angeboten, ein einwöchiges Praktikum zu machen. Danach würden sie gemeinsam mit seiner Mutter entscheiden, wie es weitergehen könnte – oder nicht.

Nun, heute Morgen hatte der Direktor ihm zugezwinkert. Seine Mutter solle nach der Arbeit vorbeikommen, er hätte mit ihr und mit ihm zu reden.

Roger war aufgeregt. Er konnte sich kaum vorstellen, dass sein Chef Mama hierher bestellt hatte, nur um ihn vorzuführen. Nein, das glaubte er nicht. Er hatte in der ganzen Woche nichts zerbrochen, hatte Hunderte von Messern, Gabeln und Löffeln poliert und Teller aller Art und die ungewöhnlichsten Schüsselformen in die tiefen Geschirrschränke einsortiert. Und er hatte eine Menge gelernt. Vor allem eines, nämlich dass er viel darum geben würde, bleiben zu dürfen.

Es war nicht so, dass er sich völlig ausgelastet fühlte in dem kleinen Raum mit der lauten Lüftung, aber die Spülküche lag unmittelbar neben der Restaurantküche, von ihr nur durch einen schmalen Gang getrennt. Durch die Anreiche konnte er die Atmosphäre in der großen Küche aufsaugen und genoss dies sehr, auch wenn er manchmal etwas irritiert war. Den einen oder anderen Kochlehrling traf er nämlich in seinen kurzen Pausen und musste immer so tun, als sähe er die Tränen der Wut nicht, die sie bei einer lässig gerauchten Zigarette versuchten zurückzuhalten. Der Ton in der Küche war auffallend hart, fand Roger, und wollte so gar nicht zu den bezaubernden, wohlriechenden Kreationen passen, die die Kellner im Minutentakt elegant balancierend ins Restaurant trugen und den Gästen servierten.

Was war es also, was ihn so faszinierte? Roger konnte es einfach nicht genau benennen. Ihm gefiel die greifbare Anspannung der Köche, wenn sie an ihren verschiedenen Stationen Hand in Hand arbeiteten, um ein Menü auf den Punkt zu garen und so schön anzurichten, dass ihm immer wieder ein ehrfürchtiges „Oh!" entfuhr. Ihm gefiel es aber auch, dass kaum ein überflüssiges Wort gewechselt wurde. Ihn zumindest hatte in der ganzen Woche niemand angesprochen, und das war gut gewesen.

Roger sah sich in seinem winzigen Verantwortungsbereich um und tastete dabei mit der Hand nach Laras letztem Brief, den Herr Sorglos ihm vor einer Woche schon zugesteckt hatte und den er seitdem ungeöffnet in seiner Hosentasche mit sich herumtrug.

Lara hatte den Brief wieder an *Herrn Roger Roland* adressiert, *Hotel Sorglos*. Wie cool das klang! Als habe er einen Beruf und sei nicht nur ein Fünfzehnjähriger, der in der Schule versagt hatte und bei Mama Abbitte leisten musste, weil er noch nicht auf eigenen Füßen stehen konnte.

Laras erster Brief war kaum mehr gewesen als ein paar Zeilen, dass sie heile angekommen waren. Dennoch hatte Roger jedes Wort aufgesaugt. Es war ihm nicht leicht gefallen, ihn zu entziffern, aber er hatte es geschafft und Laras Zeilen angemerkt, wie erschöpft sie gewesen war. Sie hatte den kurzen Brief mit der Hand geschrieben, und er hatte ihn lange und ausgiebig studieren müssen, um sich an ihre leichte, ein wenig schnörkelige Handschrift zu gewöhnen.

Sie hatte eine an sich selbst adressierte Postkarte mit einem Foto von einem großen Park mit mehreren vornehmen Häusern beigefügt und ein paar Fragen darauf notiert mit den dazu passenden Antworten, die er einfach nur anzukreuzen hatte. Das war Lara. Sie wusste genau, wie ungern er schrieb. Und so konnte er erleichtert seine Kreuze an den richtigen Stellen machen.

- Ja, er würde sich wahnsinnig über weitere Briefe freuen.
- Nein, er wäre nicht böse, wenn sie wieder eine Karte wie diese beiliegen würde.
- Ja, er vermisste sie.

Unbeholfen hatte er es gewagt und ein paar eigene Worte daneben gekritzelt: „Du kanst dir nich vorstehlen, wie!" Und da er nun einmal unter die Briefeschreiber gegangen war, hatte er gleich noch darunter geschrieben: „Die Schuhle klabt nich mehr. Pokke get es aber prihma".

Der neueste Brief, der nun in seiner Tasche auf einen stillen Abend wartete, war viel dicker als die anderen. Vermutlich hatte sie Fotos dazugelegt. Er war so gespannt! Wenn ein Kärtchen dabei lag, das er zurückschicken sollte, dann würde er versuchen, dieses Mal eine noch schönere Sondermarke zu bekommen. Er würde versuchen, eine mit Blumenmotiv zu finden. Schließlich wusste er doch, wie viel ihr Pflanzen bedeuteten. Umso wütender war er geworden, als er gesehen hatte, was man mit ihnen anstellte. Eine Woche, nachdem Lara und ihre Eltern abgereist waren, war Roger nämlich mit Pocke eine ganz andere Runde gelaufen und dabei an Laras Haus vorbeigekommen. Möbelpacker waren dort zu Gange gewesen und hatten alles, was die Valentins nicht in ihren Koffern hatten mitnehmen können, bereits in riesige Umzugswagen geladen. Es war bitterkalt gewesen. Roger blieb stehen und beobachtete die Männer schweigend. Einer von ihnen kam schließlich aus dem Haus und fragte einen Kollegen: „So, alles ist raus, bis auf dieses ganze Grünzeug aus dem Kinderzimmer. Wohin damit?"

„Stell den Kram neben die Garage. Wir sollen keine Pflanzen mitbringen."

„Keine?", hakte der Mann skeptisch nach.

„Nein, keine. Die Frau hat gesagt, das könnten sie dort alles neu anschaffen."

Der dicke Möbelpacker schleppte daraufhin eine traurige Pflanze nach der anderen aus Laras Zimmer und stellte oder warf sie mehr oder weniger lieblos neben die Garage.

Roger hatte die Wut gepackt. Was dachten sie eigentlich, was sie da taten? Er hatte den verblüfften Pocke hinter sich hergezerrt und war schnurstracks nach Hause gelaufen. Dort befahl er seinen jüngeren Geschwistern, sich schnell anzuziehen und die beiden großen Bollerwagen aus der Garage zu holen, in die ihre Eltern sie in den Ferien immer gesetzt hatten, als sie noch zu klein für lange Spaziergänge gewesen waren.

Tanja hatte rebelliert, aber Roger hatte sie damit bestochen, dass er ihr die Hundeleine in die Hand drückte: „Du bist für Pocke zuständig. Ich helfe den Kleinen. Nun kommt schon!"

Zusammen eilten Tanja, die Zwillinge und er dann wie ein kleiner Konvoi zurück zu Laras Haus. Das war inzwischen verlassen, die großen Möbelwagen verschwunden. Roger verteilte schnell alle Pflanzen auf die beiden Bollerwagen und quetschte die zerbrochenen Kräuterschalen so gut es ging dazwischen.

Als er sicher war, dass er nichts übersehen hatte, griff er sich den schwereren der beiden Wagen. „Ihr zieht den anderen zusammen", befahl er den Zwillingen. „Tanja, du läufst am Schluss und passt auf, dass nichts rausfällt und niemand zurückbleibt." Roger war froh, dass noch kein Schnee lag. Es roch so, als könne es jeden Moment anfangen zu schneien, und sie beeilten sich, nach Hause zu kommen und die empfindlichen Pflanzen endlich ins Warme zu bringen.

Die Zwillinge waren eifrig bei der Sache. Roger hielt ihr Interesse an der Aktion wach, indem er ihnen erzählte, dass die Blüten essbar seien, die Kräuter gesund machten und dass alles einer Prinzessin gehört hatte, die man in ein fremdes Land entführt hatte, gegen ihren Willen.

Tanja, die ja immerhin schon zwölf und nicht blöd war, sang leise vor sich hin: „Mein Bruder ist verknallt! Mein Bruder ist verknallt!", aber die Kleinen gaben sich richtig viel Mühe, zu helfen. Na gut, mit zehn waren sie ja auch keine Babys mehr, oder?

Wie auch immer, Roger hatte Laras Schätze gerettet und in seinem Zimmer verteilt und versuchte dann heraus zu bekommen, was genau sich dort um die wenigen winterlichen Sonnenstrahlen bemühte. Er ging sogar wieder in die Stadtbibliothek, legte seinen nagelneuen Ausweis vor und fragte, ob es dort auch Bücher gäbe, in denen er nachsehen könne, welche Kräuter und essbaren Blüten es gab.

„Ah, schön, dass du wieder da bist, Roger", lächelte ihn die Frau mit dem Namensschild *Ingrid Höge* an. Dann legte sie ihm zwei dicke Bände mit zahllosen Abbildungen und erschreckend klein gedruckten Texten vor.

„Steht auch etwas über Safran in den Büchern?", fragte Roger die Bibliothekarin. Wenn er sich schon schlaumachte, dann wenigstens richtig.

„Hm, kann sein", überlegte sie und legte ein weiteres Buch auf seinen kleinen Stapel. „Schau mal hier rein. Da steht alles über Gewürze drin. Und ganz sicher auch etwas über Safran. Willst du selbst ein Feld anlegen und reich werden?", fragte sie und zwinkerte ihm zu.

Roger hatte verlegen gegrinst und unsicher ein schwaches „Nein" gemurmelt, aber ihre Frage hatte ihn elektrisiert. Man konnte reich werden mit Gewürzen? Ehrlich? Ob seine Mutter etwas dagegen haben würde, wenn er im Frühjahr in einem Teil des Gartens sein Glück damit versuchte? Seine Gedanken überschlugen sich. Dann könnte er vielleicht so viel Geld verdienen, wie er brauchte, um Lara zurückzuholen. Wer sollte etwas dagegen haben, wenn er für sie beide sorgen konnte?

Roger blätterte die für ihn so kostbaren Bücher in den Wochen, in denen die Schule begann der Hölle zu ähneln, Abend für Abend in seinem Zimmer durch und war überwältigt. Inzwischen hatte er die Ausleihe immer wieder verlängert. „Behalte sie ruhig noch ein Weilchen", hatte ihm Frau Höge verschwörerisch zugeflüstert. „Außer dir hat sie in den letzten zehn Jahren niemand ausgeliehen."

Roger hatte das kaum glauben können. War er der Einzige in der Stadt, den Kräuter und Gewürze faszinierten? Ihm fielen beim Blättern immer fantastischere Gerichte ein, die er zubereiten könnte, und er gab ihnen in seiner Fantasie zauberhafte Namen und stellte sich vor, wie er sie Lara eines Tages servieren würde, und wie ihre Augen strahlen würden.

Eines Tages war Roger beim Einkaufen fast das Herz stehen geblieben. Er hatte durch Zufall ein Tütchen mit Safranfäden entdeckt. Meine Güte, waren die zart! Seiner Mutter fiel nie auf, dass er Geld ausgegeben hatte für etwas, das nicht auf ihrem Einkaufszettel stand, und Roger hütete das kostbare Gewürztütchen seitdem wie einen Schatz. Als er das unscheinbare Beutelchen mit dem kostbaren Inhalt entdeckte, da hatte er das Gefühl gehabt, als sei ein Teil seines Traums einfach hinüber gerutscht ins richtige Leben, wie eine Brücke aus zarten, roten Fäden. Es war plötzlich so viel leichter, einzuschlafen, wenn er seine Hand unters Kopfkissen schob und auf das Tütchen legte, die Augen schloss und immer wieder *Safran* murmelte. Dann wirkte das exotische Wort wie der verzauberte Schlüssel zu Laras Tal, in dem sie nun auf ihn wartete, Nacht für Nacht, Traum für Traum.

Roger sah sich um. Nun war er seit einer Woche im Hotel Sorglos beschäftigt und fühlte sich großartig. Die Hektik in der Küche, die die anderen so hassten, gab ihm das Gefühl, als könne jeden Augenblick etwas Magisches geschehen, etwas wirklich Großes. Er liebte es zuzuhören, wenn sich die Köche etwas zuriefen. Meistens verstand er kaum ein Wort, und was deutsch klang, ergab oft keinen Sinn. Warum musste man einige Lebensmittel *montieren* und andere *dressieren*? Konnte man Speisen, die so exotisch klangen wie *Schattobrian* oder *Bärnäs* nicht einfach kochen, bis sie gar waren?

„Das ist die Sprache der Küche", verriet ihm einer der

Auszubildenden schließlich. Sie sei eine Mischung aus Fachbegriffen und Französisch, die könne man nicht einfach so verstehen. Wie er den Lehrling um sein Wissen beneidete! Was er alles noch nicht wusste! Jede von Laras Pflanzen hatte neben dem deutschen auch einen lateinischen Namen, oben an der Rezeption checkten Gäste aus Ländern ein, deren Namen Roger noch nicht einmal gehört hatte und verlangten im Restaurant die englische Speisekarte, die Zimmermädchen schwatzten in ihren Pausen auf Polnisch und Griechisch und sprachen dabei mit Händen und Füßen. Und jetzt auch noch eine eigene Sprache für die Küche? Wow!

Roger fühlte sich vom ersten Tag an wie berauscht. Es kam ihm vor, als würde das aufregende Leben in diesem Hotel wie Ebbe und Flut immer wieder auch an seinem kleinen, fensterlosen Raum vorbeischwappen und ihm die große Welt vor die Füße spülen.

Was immer Sorglos gleich mit seiner Mutter zu besprechen hatte, Roger wollte allen Mut zusammennehmen und ihn bitten, ob er hier eine Ausbildung machen dürfe. Er wusste nicht genau, welchen Abschluss man als Spülhilfe machen konnte. Vielleicht Chef de Spül? Ja, das klang fast so gut wie das, was in der Küche nebenan gesungen wurde.

Zum ersten Mal, seit Lara Deutschland und ihn verlassen hatte, spürte Roger, dass sich vielleicht doch noch alles in seinem Leben zum Guten wenden könnte. Er konnte zwar nicht genau sagen, warum er so sicher wusste, dass er hier am richtigen Ort war, aber es war so.

Jetzt blieb ihm bloß die Hoffnung, dass die Erwachsenen es wenigstens dieses eine Mal nicht vermasselten.

Kapitel 7

Roger lag im Bett und dachte darüber nach, was heute geschehen war.

Er war mit Mama und Pocke zum Hotel gelaufen, nachdem sie ein wenig gegessen, einen Kaffee getrunken und die Füße für eine Zigarettenlänge hochgelegt hatte.

Vorher hatte er sich um das Mittagessen gekümmert. Die Kleinen hatten wie immer gemault, als sie wieder halb versunkene Blüten in ihrem Essen entdeckt hatten.

„Kannst du nicht einfach ganz normal kochen, wie andere Leute auch?", nörgelte Tim.

„Naja, solange er Mamas Kaktus nicht irgendwann zerschnibbelt und unter die Bohnen mischt", versuchte Tanja, ihm zur Seite zu springen. Ohne weiteres Meckern legte sie eine rote Blume an den Tellerrand.

„*Wie* müssen wir unseren Spinat heute nennen?", quengelte Tom und angelte mit seiner Gabel hektisch nach einer versunkenen Knospe.

„Heute habe ich euch *nostalgie vert* serviert."

„Grüne Nostalgie? Du tickst doch nicht mehr ganz richtig." Tanja verzog den Mund und schüttelte den Kopf. „Ich will sofort mein Französisch-Wörterbuch zurück, hast du verstanden? Und ich hoffe, du kriegst den Job. Dann lernst du wenigstens, wie man es richtig macht!"

„Bist du verrückt? Dann dreht er doch total durch!", empörte sich Tim, während Tom frustriert seinen Teller zur Seite schob und aufstand, um sich ein Nutellabrot zu schmieren.

„Ich will keinen Spinat mehr, in dem Zeugs rumschwimmt, das sonst nur Kühe fressen", verkündete er, und es gelang Roger nicht, ihn umzustimmen.

„Ich auch nicht!" Tim erkannte die Gunst der Stunde. „Friss doch deine grüne Rostallergie selbst!" Dann flüchtete er mit seinem Bruder und der essbaren Beute ins Wohnzimmer.

Mama kam nur kurze Zeit später, sah die unangetasteten Teller der Jungs und aß von jedem schnell ein wenig.

„Was ist das, um Gottes willen?", murmelte sie plötzlich und zog langsam einen kleinen Zweig aus dem vollen Mund.

„Rosmarin", verkündete Roger stolz.

„Im Spinat? Bist du bekloppt?!"

„Das geht ja noch", konnte sich Tanja nicht verkneifen. „Warte mal ab, bis du die Gänseblümchen im Kartoffelpüree zerkaust!"

Auf dem Weg ins Hotel hatten seine Mutter und er nicht gesprochen. Das war nichts, was ihn beunruhigen konnte. Wenn Mama schwieg, dann ging es ihr gut. Dann dachte sie nach und fand die Lage nicht so schlimm, dass sie meckern musste.

Roger konnte vor Aufregung kaum langsam genug laufen, um mit ihr Schritt zu halten. Pocke zog mal wieder wie verrückt. Seit Sorglos sich öfter um ihn kümmerte, schien es den Hund immer heftiger zu seinem Herrchen zu ziehen. An und für sich hielt Roger das ja für ein gutes Zeichen, aber jetzt, wo er alles tun wollte, um Mamas Laune nicht zu verderben, ging ihm das Gezerre gehörig auf die Nerven.

Was wäre gewesen, wenn Mama schließlich nicht schweigend zugehört hätte, als Sorglos ihr erklärte, was man in einer Kochlehre lernte? Was wäre gewesen, wenn sie das Ganze zu sehr an Papa und seinen Beruf erinnert hätte? Immerhin, daran konnte sich Roger nämlich noch ganz gut erinnern, waren seine Arbeitszeiten als Koch einer der Gründe gewesen, warum sie sich so viel gestritten hatten.

Mama hatte jedoch geschwiegen. Sie lauschte aufmerksam und warf Roger ab und zu einen ernsten Blick zu, als wolle sie abschätzen, ob er den Anstrengungen, die der Hotelbesitzer lebhaft und ohne etwas zu beschönigen aufführte, gewachsen sein würde.

Als sein Direktor – wie cool sich das anhörte – aufgehört hatte zu sprechen, hatte sich Roger kaum getraut, zu atmen. Dann war die alles entscheidende Frage gestellt worden.

„Frau Roland, Ihr Sohn ist minderjährig. Sie müssen entscheiden, ob er bei mir in die Lehre gehen kann oder ob er besser nach den Ferien auf eine andere Schule wechselt."

„Ich weiß, Herr Direktor, ich weiß", erwiderte seine Mutter. Sie spitzte die Lippen. „Wissen Sie, ich denke, der Junge hat von seinem Vater nicht nur die dunklen Haare geerbt. Ich glaube, es könnte auch etwas von seinem Kochtalent in ihm stecken." Roger sprang auf und fiel ihr um den Hals.

„Ich habe aber eine Bedingung!"

Erschrocken wich Roger einen Schritt zurück und Herr Sorglos stutzte verblüfft. Das war ihm offensichtlich auch noch nicht oft passiert, dass jemand den Spieß umdrehte und Forderungen stellte.

„Ich möchte, dass mir mein Sohn etwas verspricht."

„Alles, Mama!"

„Na gut. Versprich mir, dass du aufhörst bei uns zuhause mit dem Essen zu experimentieren, hast du verstanden? Sonst ernähren sich die Kleinen bald nur noch von Nutellabroten. Und Tanja fällt mir völlig vom Fleisch, wenn du ihr noch ein einziges französisches Dingsda mit Blüten vorsetzt."

Der Direktor warf den Kopf zurück und brach in schallendes Gelächter aus. Roger spürte, wie ihm die Schamesröte ins Gesicht schoss. Mist! Das war doch nun wirklich etwas, was sie ihm unter vier Augen hätte sagen können!

Trotzdem hatte er vor Erleichterung lachen müssen, und am Ende war er mit einem unterschriebenen Ausbildungsvertrag in der Hand mit Mama nach Hause spaziert. Er würde bis August als Aushilfe in der Spülküche bleiben, und danach würde vielleicht endlich sein richtiges Leben beginnen.

Roger trommelte zum wiederholten Mal mit den Händen auf das Oberbett. Wow! Was für ein toller Tag!

Roger schaltete das Licht aus. Draußen war es eben erst dunkel geworden. Die lange, laue Julinacht verabschiedete sich mit einem sternenklaren Himmel und einem prallen, vollen Mond, den er vom Bett aus sehen konnte. Er wollte Laras Vorschlag aufgreifen und ihn noch ein wenig anschauen, so, wie sie es vielleicht in diesem Augenblick auch tat. Dann würden sich nämlich, so hatte sie ihm in einem ihrer Briefe versichert, ihre Blicke treffen.

Kapitel 8

„Lieber Roger, jetzt sind wir beide fünfzehn, ist das denn zu glauben? Meine Eltern wollen eine Party veranstalten, aber weniger zu meinen Ehren als vielmehr, um Kontakte zu knüpfen mit irgendwelchen wichtigen Typen, damit die mal sehen, was wir hier überhaupt machen.

Das Wetter ist inzwischen endlich besser, es ist warm und freundlich und die Landschaft erinnert jetzt, wo alles grünt und blüht, ein wenig an zu Hause, finde ich. Nicht gerade gut gegen Heimweh, das kann ich Dir sagen!

Ich hatte Dir doch erzählt, dass es seit unserer Ankunft unglaublich hektisch zuging, oder? Die beiden Häuser sind jetzt offiziell als Tierheime deklariert, aber solche wie unsere findest Du auf der ganzen Welt kein zweites Mal. Meine Mutter ist der festen Überzeugung, dass Hunde das Recht haben müssen, mit ihren Menschen unter einem Dach zu leben, aber die Hunde hier kommen von der Straße und sind längst nicht so gut erzogen wie Pocke. Sie wühlen im Müll, sie klettern auf die Tische, sie klauen Dir das Essen, sobald Du nicht hinsiehst, und sie haben keinen blassen Schimmer, was stubenrein bedeutet. Von denen, die wir halb erfroren mit ein paar einheimischen Tierschützern nach unserer Ankunft auf den letzten Drücker bei Ulli rausgeholt haben, haben leider nicht alle überlebt. Manche waren schon zu schwach, als mein Vater und ein paar Männer sie endlich aus den zugeschneiten Verschlägen ausgebuddelt hatten, und die, die krank waren, waren da schon tot oder sind kurz darauf bei uns gestorben. Es war schrecklich, ehrlich.

Eines der Häuser ist inzwischen reserviert für Hunde, die

meine Eltern überall einsammeln. Die sind fürchterlich verschreckt und ganz ängstlich und brauchen besonders viel Zuwendung. Meine Mutter sitzt den ganzen Tag am Rechner und stellt Fotos von den Hunden in bekannten sozialen Netzwerken ein und versucht Besitzer für sie zu finden. Papa organisiert die Tierarztbehandlungen und kümmert sich um die Transporte nach Deutschland, wenn sich Leute melden, die einen unserer Hunde aufnehmen wollen.

Papa hat übrigens kurzerhand noch ein Haus, nämlich das ehemalige Gartenhaus, dazu gekauft und dort mal eben eine Tierklinik eingerichtet. Tierärzte aus Deutschland sind schon da und sterilisieren und impfen und operieren, als gäbe es kein Morgen. Ich möchte nicht wissen, was das kostet. Ich habe Papa mal gefragt, wie viel Geld er und Mama denn von meinen Großeltern geerbt haben und wie lange er es durchhalten wird, so damit um sich zu werfen, aber da hat er mich nur komisch angesehen und gemeint, das würde er mir später alles noch erklären, ich solle erst einmal zusehen, dass ich die Sprache lerne, der Privatlehrer wäre schließlich auch nicht ganz billig.

Meine Eltern und ich wohnen in dem großen Haus, in das die Hunde von Ulli eingezogen sind. Ich nenn das jetzt aber das Welpenhaus, Welpen gibt es hier nämlich zu Hunderten. So schnell können die im Gartenhaus gar nicht kastrieren, wie die Hunde Welpen kriegen, ehrlich.

Für mich ist das eigentlich ganz süß, ich kümmere mich um die Kleinen und sorge dafür, dass sie lernen, wie nett Menschen sein können, ehe ihre Mütter die Chance haben, ihnen das Gegenteil zu berichten. *grins*

Ich habe aber auch die ganzen Zimmer sauber zu halten, und da die Kleinen erst recht nicht stubenrein sind, ist das eigentlich, naja, ziemlich stressig, und ich kann Dir was erzählen: Parkett und Hundepipi geht gar nicht. Ich weiß bei all den Hunden, die hier frei rein und raus laufen dürfen, nie, von wem welche Pfütze ist, und ich glaube, das haben sie mir nur aufgetragen, damit ich etwas zu tun habe und mich nicht so überflüssig fühle.

Wie geht es eigentlich Pocke? Ich vermisse Euch so sehr, das kann ich gar nicht richtig aufschreiben, weil ich dann garantiert wieder anfange zu weinen. Mama meinte, meine Tränen müssten eigentlich alle versiegt sein, so viel, wie ich in den ersten Wochen geheult habe. Es wird auch nicht weniger mit dem Vermissen, eher mehr, aber ich lerne damit umzugehen. Ich kann es ja doch nicht ändern, dass man mich hierhin verschleppt hat. Ich schreibe immer noch Geschichten, aber sie sind alle so traurig, dass ich Dir lieber keine davon schicken möchte. Die meisten spielen in *Safran*, wie sollte es auch anders sein. Ich wünschte wirklich, ich wäre älter und dürfte einen Teil des Geldes haben, das meine Eltern hier ausgeben. Ich bräuchte doch nicht viel und könnte auch sicher jobben, aber dann wäre ich wenigstens in Deiner Nähe.

Wusstest Du übrigens, dass sich wild lebende Hunde ein wenig selbst heilen können, wie Wölfe? Sie fressen draußen Gräser und Pflanzen, die Stoffe enthalten, die ihnen gut tun. Ich weiß nicht, wie sie das unterscheiden können, denn viele Pflanzen sind doch auch giftig für Hunde, aber sie können es. Ich will versuchen, mehr darüber herauszufinden. Das ist total spannend, finde ich. Niemand denkt hier wirklich darüber nach, was ich eigentlich später mal machen soll. Ich glaube, sie gehen davon aus, dass ich die Tierheime eines Tages einfach automatisch übernehme und weiterführe. Papa ist ganz stolz darauf, dass er eine Erbin hat, das hat er letztens noch gesagt. Ich weiß aber nicht, ob ich das möchte. Eigentlich möchte ich Schriftstellerin werden. Ich kann ja dann ruhig über Tiere in Not schreiben, aber ich möchte nicht bis ans Ende meiner Tage Pipi und Hundekacke wegwischen. Außerdem finde ich es furchtbar, dass die Hunde, die wir hier aufpäppeln, nach der Vermittlung einfach so verschwinden. Oft weiß man gar nicht, wo sie am Ende wirklich landen, wenn sie mal in Deutschland sind. Ich habe aber schon ein paarmal mitbekommen, wie Mama fast durchgedreht ist, weil ein Hund, der von uns kam, seinem neuen Besitzer weggelaufen ist, wochenlang durch die Gegend irrte und sich nicht fangen ließ und am Ende überfahren wurde. Soll das der Grund sein, warum wir das hier machen? Nein, sicher nicht. Und das sieht Papa auch so. Er sagt, wir müssen dafür sorgen, dass sich die Bedingungen hier ändern, deshalb auch die Party.

Hast Du eigentlich inzwischen mal versucht, ins Internet zu gehen irgendwo? Ich bin nämlich online. Du findest mich fast überall unter dem Namen *Lara Safran*. Cool, oder? Ich habe schon zweihundert Freunde, wegen der Hunde und Mamas Kontakte da. Ich würde Dich ja gerne mal anrufen, aber ich vermute, Du hast immer noch nur Dein altes Foto-Handy, richtig? Und übers Festnetz nach Deutschland geht gar nicht. Da ist Papa plötzlich geizig. Er sagt, Teenager quasseln zu viel, das würde ihn ruinieren. Ich lege wieder eine Karte zu dem Brief und ein paar Fotos von den Hunden. Kreuze bitte an, ob Du mich auch vermisst und ob Du auf mich wartest, denn ich komme zurück, egal ob Du daran glaubst oder nicht. Du glaubst doch daran, oder? Vergiss den Mond nicht. Alles Liebe, Lara."

Kapitel 9

Ein Jahr später

Johannes Sorglos war zufrieden. Mit sich, mit dem Betrieb, mit Roger, dem besten Auszubildenden, den seine Küche je gesehen hat, darin waren er und sein Chefkoch sich einig. Gestern hatte der Junge seinen sechzehnten Geburtstag mit ihnen gefeiert. Alle hatten zusammengeschmissen und Sorglos hatte die Summe aufgerundet und ihm nagelneue Kochkleidung besorgt. Endlich sah er nicht mehr aus wie ein Hungerlappen in der viel zu weiten Kochjacke, die seine Mutter vor einem Jahr aus den Tiefen ihrer Schränke gezerrt und ihm mitgegeben hatte. Sie hatte zwar die Ärmel umgenäht und die Knöpfe versetzt, aber Roger war der Einzige, bei dem die Knopfleiste rechts an der Seite der Jacke war und nicht in der Mitte. Sorglos hatte Rita zur Seite genommen und sie gefragt, ob sie einen Knall hätte. Sie sah ihn nur ernst an.

„Wenn der Junge in die Fußstapfen seines Vaters treten will, dann hat er einen schweren Weg vor sich", antwortete sie. „Ich will sehen, wie ernst es ihm ist. Und ich werde es ihm so schwer machen wie möglich, Herr Direktor, das können Sie mir glauben."

Sorglos hatte sofort das Gefühl gehabt, als stecke mehr dahinter, aber er war nicht weiter darauf eingegangen, vor allem nicht, als er gemerkt hatte, dass es Roger vollkommen egal war, wie er herumlaufen musste. Er war so versessen darauf zu lernen, dass er auch in einer Badehose arbeiten gekommen wäre, wenn man es von ihm verlangt hätte.

Roger war den Jungs in seinem Lehrjahr schnell um Längen voraus und hatte sich Respekt erarbeitet. Kein Wunder also, dass sich niemand gedrückt hatte, als vorgeschlagen worden war, für seinen Geburtstag zu sammeln.

Sorglos hatte einen Narren an Roger gefressen, das musste er zugeben. Nach wie vor kam der Junge immer eine Stunde früher und ging eine Stunde später, nur damit er sich um Pocke kümmern konnte. Alle Achtung, nach einer langen Schicht und einem stressigen Tag gehörte schon etwas dazu, diese Disziplin aufrechtzuerhalten.

Roger hatte sich im letzten Jahr verändert. Sein Selbstbewusstsein war gewachsen, er konnte einem inzwischen bei einer Unterhaltung problemlos in die Augen schauen, und oft genug entdeckte Sorglos in seinem klaren und offenen Blick den Schalk. Vielleicht war es auch das, was die anderen Auszubildenden an ihm mochten und was verhinderte, dass ihr Neid in Mobbing umschlug. Das hätte auch mal jemand wagen sollen!

Roger hatte selbst bei Gruber, dem faulsten Chefkoch westlich des Ural, der mehr meckerte als arbeitete, offensichtlich ein Stein im Brett. Sorglos beobachtete, dass er Roger schon bei der Zubereitung von Gerichten helfen ließ, die eigentlich erst im zweiten oder dritten Lehrjahr auf dem Plan standen. Gewagt, dachte Sorglos zuerst, aber dann war seine Skepsis verschwunden. Er ließ sich nämlich täglich sein Mittagsessen an einem perfekt eingedeckten Tisch mit perfektem Service servieren. Sollten sie in der Küche ruhig merken, dass er ein Auge auf den Standard hielt. Und er hatte sich daran gewöhnt, seinen Gaumen Rogers experimentierfreudigen Kochversuchen auszusetzen.

Als Roger das erste Mal für ihn das Mittagessen zubereitete, argwöhnisch von Gruber und den Lehrlingen beäugt, musste Sorglos sich anschließend zusammenreißen, um nicht den Teller abzulecken, so gut hatte es geschmeckt. Und so war daraus eine Tradition geworden. Roger bekochte den Direktor. Ja, der Junge war wahrhaftig ein Gewinn fürs Haus, und er hatte noch viel mit dem Burschen vor.

Soweit er wusste, gab der Junge sein ganzes Gehalt bei Rita ab, die daraufhin eine ihrer Putzstellen gekündigt hatte. Sorglos mochte die ruhige und gründlich arbeitende Frau sehr, die nach wie vor an manchen Sonntagen bei ihm aushalf. Nicht, dass sie ihn als Frau interessiert hätte, nein, dazu war sie einfach nicht sein Typ. Es waren ihre Wärme und ihre Zurückhaltung beim hausinternen Klatsch und Tratsch, die sie ihm sympathisch machten. Und ihre Liebe zu ihrem ältesten Sohn.

Wenn sie Feierabend hatte, dann ergab es sich oft, dass er sie abfing, ehe sie das Hotel verließ, und dann kam es anfangs selten und inzwischen regelmäßig vor, dass sie gemeinsam vor der Tür eine Zigarette rauchten und sich über Roger austauschten. Eines schienen sie beide unabhängig voneinander mit großem Interesse zu verfolgen: Rogers Fernbeziehung zu Lara.

Sorglos konnte berichten, dass nach wie vor Briefe von dem Mädchen ankamen, die Roger wie einen Schatz mit sich herumtrug.

Rita konnte berichten, dass er sich zuhause in den reinsten Botaniker verwandelt hatte und Laras Pflanzen pflegte, als seien es ihre gemeinsamen Kinder. Sie hatte ihm sogar einen Teil des Gartens abtreten müssen, in dem er ein Safranbeet angelegt hatte. Von seinem ersten Gehalt habe er sich Safranknollen über ein Fachgeschäft besorgt. „Haben

Sie eine Ahnung, was es mit dieser Pflanze auf sich hat?"

Sorglos stutzte. „Nein. Ist mir auch schon aufgefallen, dass Roger dauernd mit Safran experimentiert, vor allem bei meinem Mittagessen. Und ganz ehrlich? Manchmal schmeckt das schon ein wenig – seltsam."

Rita sah ihn an und grinste. „Wie fühlen Sie sich eigentlich, Herr Direktor? Haben Sie abgenommen?"

„Ja, habe ich, seltsamerweise. Was ist denn daran so lustig?"

Rita lachte laut. „Wir müssen ja irgendwie zusammenhalten, aber behalten Sie bloß für sich, was ich Ihnen jetzt erzähle, ja? Roger macht sich jeden Abend über seinen Kräuterbüchern schlau, welche er Ihnen am nächsten Tag unters Essen mischen wird."

„Wirklich?"

„Ja." Rita grinste. „Und er legt besonders viel Wert darauf, dass sie nicht nur gut schmecken, sondern auch gut tun. Sie sollen appetithemmend sein, Cholesterin senkend und durchblutungsfördernd."

„Wie bitte?" Er musste lachen. „Bin ich dem Jungen zu dick?"

„Lachen Sie nur", meinte Rita. „Roger liegt die Sorge, Ihnen könne etwas zustoßen, wie ein Stein im Magen, seit er im Fernsehen einen Bericht über Übergewicht und Infarktrisiko gesehen hat."

Sorglos schüttelte den Kopf. „Ich wusste gar nicht, dass wir eine so ausgefallene Auswahl an Kräutern im Hotel haben."

„Haben Sie auch nicht. Das kommt alles aus seinem Zimmer. Nein, eigentlich aus unserer ganzen Wohnung. Bei mir sieht es aus wie in einem Kräutergroßhandel. Laras

Pflanzen und ihre Ableger bevölkern jede Fensterbank, und der Junge füllt sich morgens immer ein Tütchen mit den Kräutern, die er Ihnen mittags ins Essen rühren will."

Sorglos hatte den Kopf geschüttelt. Das war für ihn ein seltsames Gefühl gewesen, dass jemand, der für ihn arbeitete, mit dem er nicht verwandt war und dem er eigentlich nichts schuldete, außer einem Gehalt zum Monatsende, sich solche Sorgen um ihn machte.

„Behalten Sie das bloß für sich!", flehte ihn Rita an. „Wenn Sie ihm verraten, dass ich geplaudert habe, dann wird ihn das sicher verletzen. Er meint es schließlich nur gut."

Fast ein bisschen zu gut, hatte Sorglos im Stillen gedacht. Er war doch nicht der Vater des Jungen. Und genau das stimmte ihn nachdenklich. Welche Rolle spielte er im Leben dieses jungen Mannes, der mit zwölf Jahren zum ersten Mal in seinem Hotel aufgetaucht war und ohne den er sich den Betrieb in seiner Restaurantküche nicht mehr vorstellen wollte, auch wenn der Bengel noch nicht einmal offiziell die Zwischenprüfung abgelegt hatte?

Zwischenprüfung! Ha! Den Stoff beherrschte Roger aus dem FF, das hatte ihm Gruber bereits kopfschüttelnd berichtet. Und den vom gesamten zweiten und dritten Lehrjahr auch, zumindest theoretisch. Dafür, dass er solche Schwierigkeiten mit dem Lesen gehabt hatte, hatte er es ziemlich gut geschafft, sich Wissen anzueignen, fand Sorglos. Rita hatte von Büchern gesprochen, die der Junge las. Bücher über Kräuter und neuerdings sogar dicke Romane. Was genau trieb ihn, dass er ganz auf sich gestellt und ohne fremde Hilfe diese gewaltige Hürde nun endlich doch genommen hatte und in der Lage war, zu lesen? Konnte das wirklich nur mit der Liebe zu seinem Beruf oder mit der Zuneigung zu ihm, seinem Boss, zusammenhängen?

Sorglos bezweifelte das. Nein, es musste mehr dahinterstecken. Wenn das wenige, was er über Legasthenie wusste, stimmte, dann hatte der Junge Kräfte in sich mobilisiert, von denen vermutlich keiner von ihnen etwas ahnte, am wenigsten die Lehrer, die es geschafft hatten, diesen begabten Jungen aus ihrer Bildungsanstalt zu vertreiben. Es musste einen Grund geben, warum Roger still und verbissen so darum kämpfte, sein Handicap zu überwinden.

Sorglos hatte den Verdacht, dass es mit Lara zusammenhängen konnte, aber sicher war er sich nicht.

Vielleicht sollte er Rita mal fragen, ob sie Laras Briefe heimlich lesen könne, vielleicht wären sie danach schlauer. Nein, schalt er sich sofort, das tat man nicht. Auf gar keinen Fall. Das Postgeheimnis brechen und riskieren, dass Roger dahinter kam und das Vertrauen in seine Mutter, in ihn und am Ende womöglich in sich selbst verlor? Auf keinen Fall.

Wenn es an Laras Briefen lag, dass Roger sich so gut entwickelte, dann wollte er dafür einfach dankbar sein und seinen Teil dazu beitragen, hier im Betrieb, dass er weitere Fortschritte machen würde. Er konnte nur inbrünstig hoffen, dass sich nichts und niemand zwischen Roger und seine Freundin schob. Das könnte nämlich leicht, wenn er sich nicht furchtbar täuschte, in einer Katastrophe enden.

Kapitel 10

Geschafft! Roger saß im Bus und fuhr von der Berufsschule direkt zur Arbeit. In seiner Tasche befand sich sein Zwischenzeugnis und er hatte allen Grund, stolz auf sich zu sein.

Nun war er im zweiten Ausbildungsjahr. Wie die Zeit vergangen war! Rückblickend wusste er nicht, wo sie geblieben war, aber er erinnerte sich gut, dass er vor anderthalb Jahren noch geglaubt hatte, jemand hätte nach Laras Umzug die Uhren der ganzen Welt angehalten und wolle ihn ständig und für alle Zeiten gefangen halten in einem Hier und Jetzt, das an Traurigkeit nicht mehr zu überbieten war.

Sorglos hatte gesagt, er könne sich den Tag freinehmen, aber Roger wollte mit Pocke raus und durch den Wald streifen und das Gefühl genießen, seinem Ziel einen großen Schritt näher gekommen zu sein. Nur noch zwei Jahre und er wäre ein ausgebildeter Koch. Und es gab noch so viel zu lernen und auszuprobieren und zu üben!

Roger wühlte in seiner Schultasche und zog einen Brief von Lara heraus. Er hatte ihn sicher zwanzigmal gelesen. Inzwischen, so schrieb sie, ginge sie auf eine reguläre Schule. Sie könne nun auch schon ganz gut die Landessprache sprechen und hätte sogar für die Schülerzeitung einen Artikel über die Arbeit ihrer Eltern geschrieben, der in der nächsten Ausgabe gedruckt werden würde. Das habe sie so beflügelt, dass sie Kontakt aufgenommen hätte zu deutschen Hundemagazinen. Zwei davon wären interessiert. Er solle doch mal die Augen aufhalten, vielleicht würde er ihren Namen bald gedruckt in richtigen Zeitschriften finden!

Roger freute sich riesig für sie, vor allem, weil sie unter dem Namen *Lara Safran* schrieb. Das war für ihn ein Zeichen, dass sie immer noch an dieselben Dinge glaubte, wie er, nämlich, dass sie sich eines Tages wiedersehen und dann nie mehr verlassen würden.

Für Roger stand inzwischen fest, dass er Lara liebte. Das waren starke Worte für einen Sechzehnjährigen, das wusste er, aber so war es nun einmal. Erst wollte er es gar nicht glauben, als es ihm klar wurde, vor allem, weil sich so viele Dinge verändert hatten. Zum einen war er kein kleiner Junge mehr und er träumte sich auch nachts nicht mehr in ihr kindliches Paradies zurück. Im Gegenteil. Er hatte beschlossen, dass er in der Realität etwas aufbauen müsse, was er Lara eines Tages präsentieren könne. Was das genau sein würde, darüber war er sich noch nicht ganz im Klaren, aber sicher war, dass das Tal ihrer Geschichte ihm zu eng geworden war. Und viel zu einsam. Nein, das hatte ihm einfach nicht mehr gereicht. Eines Nachts hatte er von *Safran* geträumt, aber etwas Schreckliches war geschehen. Nicht nur verschob sich der Fels, der die Kinder in dem Tal gefangen hielt, nein, am anderen Ende des Tals tat sich ebenfalls ein Spalt auf, und das Mädchen verschwand einfach durch jenen Ausgang, während der Junge das Tal verzweifelt schließlich durch den vorderen Ausgang verließ. Roger war weinend und schweißgebadet aufgewacht und hatte gespürt, dass sich etwas Wichtiges verändert hatte.

Es hatte eine ganze Weile gedauert, bis er nicht mehr von *Safran* träumte. Stattdessen fing er an, von Restaurants und Küchen zu träumen, von Speisefolgen und Töpfen voller geheimnisvoller Zutaten, die er zu Gerichten verarbeitete, über die andere Leute vor Begeisterung Gedichte schrieben.

Nicht nur seine Träume veränderten sich, auch seine Sehnsucht nach Lara wurde eine andere. Nach wie vor schickte sie adressierte Postkarten mit, aber das, was er darauf ankreuzen konnte, kam ihm schon lange einfach nur albern vor. Wie oft sollte er ihr noch sagen, dass er sie vermisste? Fast klang ihre Frage wie eine Stereotype, auch wenn Roger wusste, dass sie das nicht war. Nein, er verspürte plötzlich das Bedürfnis, ihr einen Brief zu schreiben, einen langen und sehr ausführlichen Brief. Das Problem war nur, dass er sich nicht blamieren wollte, jetzt erst recht nicht mehr, wo sie Artikel für Zeitschriften schrieb. Nein, er würde jemanden finden müssen, der das, was er schrieb, für ihn korrigierte. Jemand, der ihn gut und doch nicht so gut kannte, dass es peinlich geworden wäre. Sorglos und seine Mutter kamen also absolut nicht infrage, ebenso wenig Tanja, die wahrscheinlich nicht den Mund halten und Mama und den Zwillingen alles erzählen würde, was er ihr zum Korrigieren vorlegte.

Er dachte schließlich an Frau Höge in der Bücherei. Sie empfahl ihm immer richtig gute Bücher, nicht nur über Pflanzen und Kräuter, sondern auch Romane. Sie hatte ihm eines Tages das Buch einer Autorin in die Hand gedrückt, die über eine Gewürzhändlerin geschrieben hatte, und er hatte sich Seite für Seite und Kapitel für Kapitel durch das Buch gekämpft und war am Ende so begeistert gewesen und so stolz, dass sie gleich das nächste Buch für ihn rausgesucht hatte. Es war für ihn ein unglaubliches Erlebnis, in die Geschichte abzutauchen und hautnah mitzuerleben, wie die Heldin litt und kämpfte und welche Gefühle sie für die Liebe ihres Lebens hatte, die seinen zu Lara unglaublich ähnelten. Weswegen er auch so genau wusste, dass er sie liebte.

In einem der letzten Briefe schrieb Lara, dass sie an einem Roman arbeite. Wow! Fantasie hatte sie ja immer schon genug gehabt.

Das Gefühl, dass seine ferne Freundin ein Leben lebte, das sich immer mehr von seinem unterschied und am Ende womöglich in eine Richtung gehen würde, die seiner eigenen ganz entgegengesetzt war, wie damals in seinem Traum, als sich ihre Wege getrennt hatten, bereitete ihm Sorgen. Er musste einfach aufpassen, dass sie ihm nicht entglitt, und dafür musste er konsequent seinen Plan verfolgen und der berühmteste Koch Deutschlands werden. Denn dann würde er für sie beide sorgen können. Er würde ihr rund um die Welt folgen, wenn sie es wollte, egal wohin.

Roger wusste, dass er als Koch überall Arbeit finden konnte. Das sah er schließlich an seinem Vater, von dem Mutter ihm zum sechzehnten Geburtstag einen Umschlag mit einem wirklich sehr, sehr langen Brief in die Hand gedrückt hatte, den er am Ende gar nicht hatte lesen können. Wozu hatte Papa eigentlich damals den Rechner *und* den Drucker mitgenommen, wenn er ihn nun nicht benutzte und ihm nach Jahren diesen unleserlichen, handgeschriebenen Wisch schickte, den er nicht entziffern konnte? Roger zerknüllte den Brief und warf ihn in den Papierkorb, aber dann hatte er ihn doch wieder herausgefischt und ihn in die hinterste Ecke seiner Schreibtischschublade gestopft.

Der Bus fuhr in die Haltestelle ein und Roger sprang aus seinem Sitz. Er freute sich darauf, Sorglos das hervorragende Zwischenzeugnis unter die Nase zu halten, mit Pocke zu laufen und anschließend in aller Ruhe im Foyer einen Kaffee zu trinken. Roger musste schmunzeln. Ja, die Kakaozeiten waren vorbei. Ein für alle Mal.

Kapitel 11

Johannes Sorglos war nervös. Gleich würde Roger auftauchen und ihm das Zwischenzeugnis vorlegen und er musste so tun, als wäre das Ergebnis keine Sensation, sondern das Mindeste, was er von einem guten Lehrling erwarten würde. Er durfte mit keiner Miene verraten, was er für den Jungen als Überraschung und Anerkennung für die herausragende Leistung bereits heimlich in den Kofferraum seines Wagens gelegt hatte. Er würde sich das Zeugnis ansehen, versuchen glaubhaft vorzuspielen, dass er angenehm überrascht (und nicht stolz wie ein Vater) sei und ihm keinen Anlass bieten zu vermuten, dass er das Ergebnis schon kannte.

„Weißt du eigentlich, was du für einen Rohdiamanten in deinem Betrieb hast, Johannes?", hatte ihn Rogers Prüfer angerufen, nachdem die Prüfungsklasse lachend und lärmend das Schulgebäude verlassen hatte.

„Oh ja, ich glaube schon", antwortete Sorglos mit kaum verhohlener Zufriedenheit.

„Ich würde den Jungen sofort übernehmen, wenn du ihn nicht mehr willst", meinte Julius und Sorglos erkannte an der Stimme des alten Freundes und bedeutendsten Mitbewerbers der Stadt, dass er grinste.

„Das müsste schon mit dem Teufel zugehen, wenn ich Roger gehen ließe." Sorglos war doch nicht verrückt!

„Du musst ihm etwas geben, als Anerkennung."

„Ich weiß."

„Soll ich dir eine Urkundenvorlage mailen?" Julius hatte solche Sachen serienmäßig auf seinem PC, ganz im Gegensatz zu Sorglos, der erst vor ein paar Tagen in den sauren Apfel gebissen hatte, um sich einen neuen Rechner mit mehr Kapazität und gleich passend dazu einen größeren Bildschirm und schnelleren Drucker anzuschaffen und das alte Gespann, das immer noch prima seine Dienste versah, aber dem neuen Buchungsprogramm nicht mehr gewachsen war, in Rente zu schicken.

„Nein, eine Urkunde ist in diesem Fall nicht das Richtige." Sorglos wusste, worüber sich sein Auszubildender wirklich freuen würde, nur war das Geschenk, das er sich ausgedacht hatte, etwas ganz Besonderes und mit nichts zu vergleichen, was jemals ein guter Lehrling von ihm zur Zwischenprüfung bekommen hatte. Es erschien ihm also klug, es Julius nicht mitzuteilen. Er kannte seine Pappenheimer. Heute schworen sie, ein Geheimnis wäre für alle Zeiten ein Geheimnis. In ein paar Wochen beim Stammtisch wäre aus dem Geheimnis schon eine Anekdote geworden, die auf Bierschaum besonders gut von Ohr zu Ohr schwamm. Und irgendwann würde die Nachricht, dass Direktor Sorglos einem Lehrjungen zur Zwischenprüfung einen Computer geschenkt hatte, in den eigenen Betrieb schwappen und für Unruhe sorgen. Vorsichtshalber legte Sorglos eine falsche Fährte. „Ich denke, ich gebe dem Jungen einen Gutschein fürs Restaurant. Dann kann er seine Mutter mal einladen." Julius nahm den Köder auf.

„Junge, Junge, du bist und bleibst ein alter Geizkragen, Johannes!"

Dass Roger darunter litt, dass sein Vater seinerzeit den Computer mit in die Schweiz genommen hatte, hatte ihm Rita bei einer ihrer Zigaretten mitgeteilt. Sie vermuteten beide, dass Lara ihren Freund inzwischen bereits mehr als einmal gebeten hatte, sich um einen Internetzugang zu kümmern. Das war ja bei den jungen Leuten heute auch völlig normal. Nur wollte Rita so eine Höllenmaschine nicht kaufen. Zum einen verstand sie nichts davon, zum anderen hatte sie Angst, dass die Zwillinge mehr als nur ihre Freizeit davor verbringen würden und zum Dritten scheute sie die Ausgabe.

Sorglos hörte aus dem Gespräch heraus, dass sie nicht grundsätzlich gegen das Internet war, und das beflügelte ihn. Er schlug ihr einen Kompromiss vor. Sie würde so tun, als schenke sie ihrem Sohn zur Zwischenprüfung den Rechner, und er, Sorglos, würde ihn ihr schenken. Damit brachte er Roger nicht in Verlegenheit und die großzügige Zuwendung würde nie bei seinen Angestellten in den falschen Hals geraten. Roger könnte dann auch endlich ohne die umständliche Briefpost mit Lara Kontakt aufnehmen und zwar so, wie sich das für junge Leute des einundzwanzigsten Jahrhunderts gehörte. Die beiden hatten es ohnehin schon schwer genug. Mit Besorgnis beobachtete Sorglos, dass immer mehr Zeit zwischen Laras Briefen lag und er wollte um jeden Preis verhindern, dass etwas die romantische Freundschaft zwischen seinem Star-Auszubildenden und dessen Muse störte.

Sorglos hatte nicht nur einen neuen Rechner angeschafft, sondern sich auch gleich für einen Internet-Kurs in der Volkshochschule angemeldet. Dort kam er sich vor wie ein Dinosaurier. Mit wenigen zackigen Tastenkombinationen flitzten die jungen Leute durch die sozialen Netzwerke und hinterließen überall ihre Spuren. Er schämte sich fast ein wenig, als ihn eine der jungen Frauen aus seinem Kurs fragte, wie viele *Fans* das Hotel Sorglos denn habe. Johannes

Sorglos hatte nicht den blassesten Schimmer, was ein Fan war und vermutete, es könne sich dabei um ein modernes Wort für Gast handeln. Inzwischen wusste er es besser.

Seit zwei Tagen summte der neue Rechner nun an der Rezeption leise vor sich hin. Sorglos hatte sich von einem der Kellner einen Crashkurs geben lassen und alles sofort wieder vergessen, aber er hatte einen Blick in die berüchtigten sozialen Netzwerke geworfen. Gehorsam folgte er den Anweisungen seines Mitarbeiters, lud mit seiner Hilfe ein Foto des Hotels hoch und trug ein paar Daten zu seinem Betrieb ein. Seitdem wartete er auf *Fans*, die das gut finden sollten und mit einem Klick kundtun würden. Angeblich wimmelte es im Internet von Menschen, die nur auf ihn und seine Einträge gewartet hatten. Nur, dass niemand *klickte*, und das schon seit Tagen nicht, obwohl Sorglos immer wieder ungeduldig nachsah. Meine Güte, war das kompliziert. Er hatte sich die Seiten einiger Hotels, die er kannte, angeschaut. Keiner hatte weniger als zweitausend *Fans*. Und er? Keinen einzigen. Knurrend hatte er sich zum nächsten Kurs angemeldet. Er musste einfach diese Hürde nehmen. Er hatte nur noch ein paar Jahre, dann wollte er aufhören. Wie sollte er jemanden für den Posten eines Nachfolgers begeistern, wenn das Hotel werbetechnisch noch in der Steinzeit herum stolperte? Nein, er musste den Anschluss an das einundzwanzigste Jahrhundert finden, sonst würde der Knabe, der da gerade mit einem klatschnassen Pocke das Foyer betrat, sich bedanken, wenn er ihm eines nicht allzu fernen Tages an Angebot machte, wie er es noch nie jemandem gemacht hatte. Denn in dem Jungen steckte mehr als nur ein begnadeter Koch. In ihm steckte der Nachfolger, den er suchte.

Kapitel 12

Roger sah nachdenklich aus dem Fenster. Ein Sommerabendregen hatte endlich die schwüle Luft abgekühlt, er würde heute sicher besser schlafen als gestern. Im Hotel war viel zu tun und er würde morgen einen wirklich langen Tag haben. Sie hatten drei große Gesellschaften im Haus, zusätzlich zwei Tagungen, die auch mittags essen wollten und dann eine Goldhochzeit mit sechzig Personen.

Mama und die anderen schliefen bereits, und er saß in seinem Zimmer und starrte auf den Bildschirm des Computers, den ihm Mama heute zur Zwischenprüfung geschenkt hatte.

Roger hatte das Gerät auf Mamas Wunsch in sein Zimmer getragen und dann hatte er Stunden gebraucht, um alles miteinander zu verkabeln, bis am Ende auch die Internetverbindung funktionierte.

Roger starrte auf den Bildschirm. Auch wenn er im Laufe der letzten Jahre bei dem einen oder anderen Freund etwas über Computer und das Internet gelernt hatte, kam er sich unbeholfen vor, wie eine Internetjungfrau.

Schließlich tat er es einfach. Er meldete sich im Internet an. Nun hieß er dort überall schlicht *Ga Bel*, und er sah auf seinen Profilbildern aus wie Pocke bei Nacht, nach einer Schlammwanderung. Ein besseres Foto hatte er auf seinem alten Handy nicht gefunden.

Ga Bel hatte keine Freunde. Er hatte allerdings eine Freundschaftsanfrage an *Lara Safran* geschickt, und während er darauf wartete, dass sie sie annahm, überlegte er, dass er vielleicht einfach eine Safranblüte knipsen sollte, das wäre sicher auch ein gutes Profilbild für ihn.

Roger wusste nicht, ob Lara überhaupt noch am Rechner saß. Wenn er Pech hatte, dann konnte es Tage dauern, bis er etwas von ihr hörte, und bis dahin war er im Internet ein Gespenst, das niemand sah und mit dem niemand sprach. So gut, wie ihm das bei der Arbeit gefiel, so eigenartig ausgeschlossen fühlte er sich plötzlich von Millionen von Fremden.

Um sich die Zeit zu vertreiben, gab er die Namen einiger Leute ein, die er kannte. Es war schön zu wissen, dass der ein oder andere dort auch unterwegs war, aber er scheute davor zurück, Anfragen zu versenden. Wer würde ihn hinter einem matschigen Köter namens *Ga Bel* vermuten? Niemand, und er bezweifelte, dass Lara auf dem dunklen Foto Pocke erkennen und von selbst darauf kommen würde, wer *Ga Bel* sei.

Roger sah auf die Uhr. Wie lange sollte er wohl noch warten? Es war inzwischen fast Mitternacht. Seine Freundin lag vermutlich längst im Bett und schlief.

Aus Neugierde gab Roger *Hotel Sorglos* ein und musste grinsen. Tatsächlich, der Direktor hatte dem Hotel eine *Fan*-Seite eingerichtet. Schmunzelnd klickte Roger auf *Gefällt mir* und stellte fest, dass sein Chef offensichtlich genauso einsam war wie er. Roger war sein einziger Fan.

Etwas blinkte auf. Da! Eine Nachricht! Roger hielt die Luft an. Es gab nur eine Person, die ihm schreiben konnte: Lara!

Vorsichtig und noch ein wenig unbeholfen klickte er auf das kleine Symbol, das wie aus dem Nichts erschienen war.

Er konnte nachher nicht mehr genau sagen, was er eigentlich erwartet hatte. Hatte er gehofft, der Bildschirm würde sich verdunkeln und dann, ausgefüllt von Laras strahlendem Lächeln, aufleuchten, einem Lächeln, das nur ihm galt?

Ernüchtert las er, dass *Lara Safran* seine Freundschaftsanfrage angenommen hatte. Etwas unbeholfen näherte sich Roger innerhalb der nächsten halben Stunde Lara an. Sie hatte ein wunderschönes, aber wirklich sehr ernstes Foto von sich als Profilbild gewählt, und einen großen Teil dieser halben Stunde verbrachte er damit, sie einfach nur anzusehen.

Sie hatte sich verändert. Ihre Haare waren länger geworden, sie sah erschreckend erwachsen aus. Was hatte er denn gedacht? In seiner Erinnerung und auf dem einzigen Foto, das er von ihr besaß und das er wie einen Schatz hütete, würde sie ewig vierzehn sein. Er hatte es aufgenommen im Hotel an einem Novembertag, fast genau zwei Monate bevor man sie zwang, fortzuziehen. Er hatte es aus einer albernen Laune heraus gemacht und sie hielt darauf Pocke halb im rechten Arm und ihren Kakao in der linken Hand. Vor ihr auf dem kleinen, runden Tisch lagen mehrere Schulbücher und am Rand des Bildes konnte er seine Jacke erkennen, die über der Lehne eines Sessels hing. Und Lara strahlte nur für ihn.

Roger rief das alte Bild auf seinem Handy auf und verglich es mit ihrem aktuellen. Sie war noch hübscher geworden, wenn das überhaupt möglich war.

Er konzentrierte sich und klickte weiter und endlich hatte er es geschafft. Es war, als würde er in das Leben einer vollkommen fremden Person eintauchen. Wer waren diese ganzen Leute, die sie kannte und er nicht? Bevor sie gefahren war, hatten sie nur einander gehabt. Jetzt besaß sie nicht mehr nur die 200 sogenannten *Freunde*, von denen sie geschrieben hatte, sondern schon 400! Ihre Seite wimmelte von Bildern entsetzlich traurig oder krank aussehender Hunde, und zu jedem dieser Bilder gab es unzählige Kommentare zahlloser Fremder.

Roger wurde mulmig. Fast meinte er, sie alle gleichzeitig miteinander sprechen zu hören, alle durcheinander, so, wie man in Bahnhofshallen oder Fußballstadien die Menschenmenge murmeln hörte, ohne ein einziges Wort zu verstehen.

Roger versuchte verzweifelt, irgendetwas Privates über Lara zu erfahren, aber immer ging es nur um Tierschutz und um Themen, zu denen er nichts sagen konnte. Kopfschüttelnd gab er auf. Aus den zum Teil kryptischen Satzfetzen und Symbolen wurde er nicht schlau. Diese Sprache sprach er nicht.

Roger spürte, wie ihn Traurigkeit erfasste. Vielleicht sollte er den Rechner einfach ausschalten. Halt, aber was war das? Konnte man sich hier Fotos ansehen? Vielleicht waren welche dabei, die er noch nicht aus ihren Briefen kannte? Vielleicht würde er hier etwas erfahren über seine Freundin? Etwas, das nicht so wirkte, als habe es eine völlig fremde Person geschrieben?

Wenn er später darüber nachdachte, dann kam er zu der Überzeugung, dass es wohl das Schicksal war, das ihn dazu verführt hatte, nicht aufzuhören. Und das Schicksal konnte es gut mit einem meinen oder schlecht.

Die vielen Bilder von dem Tierheim, Laras Eltern und weiß der Himmel wie vielen Hundefreunden oder Tierschützern waren vom Schicksal möglicherweise gut gemeint. Aber es war eines von ihm dabei, das sie am selben Tag wie er seins von ihr gemacht hatte, und daran war nichts gut. Er sah darauf nämlich erbarmungswürdig aus, so, wie ein schüchterner Vierzehnjähriger eben aussah. Gerade in Zusammenhang mit dieser Galerie von Erwachsenen wirkte er wie *Lara Safrans* kleiner Bruder.

Noch schlechter meinte es das Schicksal schließlich mit den Fotos, die bei einer Party in den Villen geschossen worden waren. Darunter gab es eine kleine Serie von Lara und einem gewissen Mark, der sie meistens lässig im Arm hielt und dabei lächelte, als sei das sein angeborenes Recht.

Nachdem Roger sich von seinem Schock erholt und endlich den Rechner ausgeschaltet hatte, war ihm schlecht. Die Lara, die er kannte, war ein für alle Mal verschwunden. Und Roger hatte keine Ahnung, was ihn mit *Lara Safran* noch verband, außer den vierzig Briefen, die sie ihm in den letzten zwanzig Monaten geschrieben hatte.

Kapitel 13

„Horst?!" Verdammt, die Verbindung zu dieser Alm in der Schweiz war eine Katastrophe, und Rita Roland hätte am liebsten wieder aufgelegt.

„Rita?!" Horsts Stimme zitterte durch das labile Handynetz. „Ist alles in Ordnung mit …?" Sein Satz brach ab.

Rita wusste, dass Horst annahm, es müsse etwas mit den Kindern sein, wenn ihn seine Frau mitten am Tag anrief. Recht hatte er. Es stimmte etwas ganz und gar nicht, und zwar mit Roger. Seit dieser verfluchte Computer in seinem Zimmer stand, war der Junge wie ausgewechselt. Und Tanja hatte sie gestern Abend so nervös gemacht, dass sie nach etwas mehr als viereinhalb Jahren und einer schlaflosen Nacht erstmals bereit gewesen war, den untreuen Gatten in seinem Schweizer Exil in die Verantwortung einzubinden.

„Rita? Ich rufe vom Festnetz zurück!", brüllte es plötzlich unvermittelt in ihr Ohr, ehe die Verbindung abbrach.

Nervös legte Rita auf und steckte sich eine Zigarette an. Sie hatte sich freigenommen, ihr Schädel schien vor Schlafmangel zu platzen. Die Kleinen waren in der Schule, Roger im Hotel. Sie musste wirklich bald aufhören, Tanja in einem Atemzug mit den Zwillingen zu denken. Tanja war nicht mehr klein. Im Gegenteil, sie war erschreckend groß geworden und benahm sich so erwachsen, dass es Rita ins Herz stach. Nicht zuhause, wo sie unauffällig und still war, aber offensichtlich in der virtuellen Welt, wo das Kind mehr Freunde hatte als sie und Horst in der richtigen Welt zusammen.

Tanja hatte Rita gestern zur Seite genommen und in Rogers Zimmer geführt. Sie hatte den Rechner hochgefahren und sich angemeldet. Unter dem wenig schmeichelhaften Pseudonym *Schlammkatze* und mit einem Profilbild, das eher an eine abgelebte Zwanzigjährige als an ihre erst vierzehnjährige Tochter erinnerte, trieb sie sich in ihrer Freizeit mit ihren Freundinnen in diesem Moloch herum und tauschte Banalitäten aus.

Sie hatte aber auch Kontakt aufgenommen zu *Lara Safran*, vermutlich ohne, dass Lara sie erkannte, und verfolgte dort nun neugierig als stille Beobachterin alles, was ihr Bruder wohl auch sehen konnte. Und das hatte sie so beunruhigt, dass sie sich an ihre Mutter gewandt hatte. Gott sei Dank!

Rita war nervös und drückte die nur halb geraucht Zigarette wieder aus. Es wurde wirklich Zeit, dass sie mit diesem Laster brach. Kostete viel Geld, war ungesund und verhinderte, dass sie riechen konnte, wann eines ihrer Kinder damit anfing. Ungeduldig stand sie auf und begann im Zimmer hin und her zu wandern. Wenn Horst nicht bald zurückrief, dann kamen die Zwillinge aus der Schule und würden mehr mitbekommen, als ihr im Moment lieb war.

Gerade, als sie den Aschenbecher leeren wollte, klingelte das Telefon.

„Roland", meldete sie sich und hoffte, dass es nicht wieder ihre Mutter war, die vor Langeweile einfach nur quatschen wollte.

„Ich bin's, Horst." Dieses Mal war die Verbindung stabil. „Was ist passiert? Ist was mit den Kindern?"

„Hallo, Horst." Rita setzte sich und holte Luft. „Es geht allen gut, aber ich mache mir um Roger Sorgen und brauche deine Hilfe."

„Was ist denn passiert?" Seine Stimme klang aufrichtig besorgt.

„Nichts Schlimmes, bis jetzt jedenfalls nicht", beschwichtigte sie ihren Mann. „Ich muss nur jemanden finden, der sich mit dem Jungen anfreundet, und ich glaube, das ist etwas, was du machen solltest."

War die Leitung schon wieder zusammengebrochen? Warum hörte sie nichts mehr?

„Ich soll mich mit meinem Sohn anfreunden? Rita, hast du getrunken?"

„Blödsinn! Du weißt doch, dass ich so gut wie keinen Alkohol anrühre, Horst. Ich meine ja auch nicht *anfreunden* wie ein gleichaltriger Freund, sondern *anfreunden* bei diesen komischen sozialen Netzwerken."

Als Horst noch zuhause gelebt hatte, da war er nie leise gewesen, wenn er nicht sprach. Er hatte dann gehüstelt, war hin und her gelaufen, hatte mit einer Zeitung geraschelt, mit einem Messer auf dem Teller herum geklackert oder sich einfach nervtötend laut die Nase geputzt. Das hatte sie manchmal in den Wahnsinn getrieben! Wie war es möglich, dass er jetzt so leise war, dass sie schon wieder nicht wusste, ob er überhaupt noch in der Leitung war?

„Roger ist also online. Davon geht doch die Welt nicht unter! Himmel noch mal, Frau, rede Klartext! Ich muss wieder in die Küche!"

Rita fasste allen Mut zusammen. „Dein Sohn ist verliebt, Horst. In Lara, die du nicht kennst, und die mit ihren Eltern in irgendein Land in Osteuropa ziehen musste. Wir wissen eigentlich nur, dass Roger, dem wir vor ein paar Tagen den alten Rechner von Sorglos geschenkt haben …"

„Wir? Wer ist *wir*? Sorglos?! Johannes Sorglos? Du und

Sorglos? Und ihr schenkt meinem Sohn einen Rechner?!" Horsts Stimme überschlug sich fast.

„Halt doch mal den Mund! Und komm mir ja nicht so, ja? Gerade du hast es nötig, mir irgendetwas zu unterstellen!" Rita war so wütend, dass sie fast vergaß, worum es hier eigentlich ging. „Also, dein Sohn Roger arbeitet bei Sorglos. Er will Koch werden. Und er hat die beste Zwischenprüfung hingelegt, die die Innung in den letzten Jahrzehnten gesehen hat, und da haben wir ihm zusammen ..."

„Koch? Roger will Koch werden?" Horst Rolands Stimme war leise geworden, und das lag nicht an der Leitung. Rita spürte seine Betroffenheit.

„Ja. Und er hat Talent, Horst. Sehr, sehr viel Talent." Fast so viel wie du, hätte sie um ein Haar hinzugefügt, hatte es sich aber gerade noch verkniffen.

„Mein Gott." Sah ihr Mann gerade, wie schwer das Leben seines Sohnes werden würde, wenn er in denselben Beruf ging, wie er? Fragte er sich gerade, ob Roger auch eines Tages ohne Familie auf einem einsamen Berg irgendwo landen würde, weil es nie genug Zeit und Kraft gegeben hatte, um sie gleichmäßig auf Frau, Kinder und Arbeit zu verteilen?

Rita empfand für einen flüchtigen Augenblick Mitleid mit dem Vater ihrer Kinder, der damals unter dem Druck zusammengebrochen war und eine fatale Entscheidung getroffen hatte. Für die falsche Frau.

„Tanja hat mir gezeigt, was aus Lara geworden ist. Bis vor ein paar Tagen hat dein Sohn wohl noch geglaubt, sie lebe dort mit ihren Eltern in der Pampa und würde ihn genauso vermissen wie er sie. Nun sieht es aber so aus, als sei sie zu einem Partygirl mutiert, und damit kann unser Sohn nicht umgehen. Horst, seitdem Roger das entdeckt hat, ist er wieder so still geworden wie damals, als du ausgezogen bist. Kein Lachen mehr, keine Witze, kein Strahlen in den Augen. Jeden Abend zieht er sich zurück, geht ins Internet, starrt stundenlang auf den Bildschirm, nimmt keinen Kontakt auf zu Lara und macht den Apparat dann einfach wieder aus. Tanja hat das beobachtet. Sie weiß auch, unter welchem Namen der Junge sich angemeldet hat, traut sich aber nicht, zu ihm Kontakt aufzunehmen, weil sie befürchtet, dass er sich dann beobachtet fühlt. Horst, dein Sohn ist ganz alleine dort draußen und sieht, wie Lara mit ihren Freunden Weltverbesserer spielt, und wir machen uns große Sorgen, wo das hinführen wird."

„Dasselbe *wir* wie eben?", wollte Horst wissen, der ruhig zugehört und sie nicht unterbrochen hatte.

„Ja, Sorglos und ich. Der Junge muss im Hotel in der Küche so etwas wie eine Inspiration sein für alle anderen. Sorglos meint, das läge an Lara und seiner Liebe zu ihr. Und seit einer Woche ist der Funke weg. Roger kocht schlecht, redet nicht und sieht vor allem erbärmlich aus. Horst, kannst du ihm nicht helfen?"

„Wie soll ich ihm denn helfen?"

Rita hatte sich das alles ganz genau zurechtgelegt, auch wenn sie eigentlich immer noch nicht verstand, wie dieses blöde Internet funktionierte. „Wenn du dich da mit einem falschen Namen anmeldest und ihn suchst und sein *Freund* wirst oder wie auch immer die das nennen, dann haben wir jemanden, zu dem er vielleicht Vertrauen fasst und mit dem er redet. Mit uns spricht er nicht mehr, Horst. Er spricht überhaupt nicht mehr, sagen die Kinder. Ich mache mir solche Sorgen!"

„Hm."

„Wie *hm*?"

„Ich überlege."

„Überleg schneller, die Kinder kommen gleich Heim."

„Wie nennt sich denn unser Kind im Internet?"

„*Ga Bel.*"

„Ach du lieber Himmel. Und wie heißt seine Freundin?"

„*Lara Safran.*"

„Na, auch nicht viel besser."

„Mag sein, aber das mit dem Safran spielt irgendwie eine große Rolle zwischen den beiden, nur weiß keiner von uns, wieso." Rita überlegte. „Hast du eigentlich noch den Rechner?"

„Natürlich habe ich den Rechner noch. Ich würde hier oben bekloppt werden, wenn ich ihn nicht hätte."

„Ich würde am liebsten das Ding aus dem Fenster werfen, ehrlich. Bis letzte Woche war alles in Ordnung, und jetzt …" Rita musste sich zusammenreißen. „Deine Tochter ist übrigens auch da unterwegs. Such sie mal und erschreck dich ruhig. Sie gastiert dort als *Schlammkatze*, kannst du dir das vorstellen? Wenn du sie findest, dann glaube nichts von dem, was du siehst. Sie hat Pickel, eine Brille und meistens fettige Haare. Ich weiß nicht, wer ihr geholfen hat, sich so zurechtzumachen, wie auf dem Foto."

„Ist es so gut?"

„Es ist nicht gut, es ist nuttig. Furchtbar! Haare gelockt, dick geschminkt und das auch noch schlecht, ohne Brille und mit einem Blick, als würde sie sagen ‚Komm, Fremder, ab ins Schlafzimmer!'"

„Wenn sie die Brille nicht aufhatte, dann hat sie nichts gesehen. Tanja ist doch blind wie ein Maulwurf!"

„Ich weiß das, und du weißt das, aber die ganzen Kinderschänder da draußen wissen das nicht. Meine Güte, ich glaube, ich schmeiß die Kiste wirklich wieder raus!"

„Nein, Rita, bloß nicht. Ich lass mir was einfallen, versprochen. Ich melde mich da an und dann pass ich auf die beiden auf, ok?"

Rita hatte keine Ahnung, wie das gehen sollte, und sie hatte die ganze Zeit eigentlich keine Vorstellung davon gehabt, was ihr Mann erreichen sollte, wenn er ihr den Gefallen tat und sich auf ihren verrückten Plan einließ. Dafür war ihr das ganze Thema einfach viel zu fremd. Sie hatte nur schon so viel davon gehört, wie gefährlich das Internet für Kinder und Jugendliche war, wenn sich die Eltern nicht kümmerten! Sie hatte sich nicht gekümmert, und das hatte sie jetzt davon. Ihr Sohn fiel plötzlich in seine Depressionen zurück und ihre Tochter warf sich mit ihrem blinden Blick irgendwelchen anonymen Lüstlingen an den Hals, ohne zu wissen, was sie tat.

Rita spürte, dass sie eine Welle der Dankbarkeit erfasste. Sie wusste, dass Horst wenig freie Zeit hatte. Dass er sofort bereit war, sie für seine beiden ältesten Kinder zu opfern, berührte sie tief. Er war ja auch kein Schlechter, das wusste sie selbst. Er hatte nur wirklich sehr, sehr schlechte Entscheidungen getroffen. Sie hatte nie verstanden, wieso er sein Restaurant geschlossen hatte, nachdem ihm seine verfluchte Freundin den Laufpass gegeben hatte, und wieso er dann das Angebot, bei Sorglos zu arbeiten, abgelehnt hatte. Er hatte gemeint, er könne unmöglich in ihrer Stadt als Ex-Chef des *Rolando* um einen Job betteln gehen, und war kurz darauf fortgegangen.

„Horst?"

„Ja?"

„Danke!"

„Ist doch wohl selbstverständlich!" Er schwieg und sie wollte sich gerade schon von ihm verabschieden, als er noch einmal Luft holte und weitersprach. „Du solltest dich auch dort anmelden."

„Ich? Nie im Leben!"

„Doch! Das machen wir zusammen, Rita. Ich werde mich mit Roger in Verbindung setzen und nenne mich für ihn, lass mal überlegen, ja, ich nenne mich für ihn *Mes Ser*. Das hat etwas Schärfe. Ich bin halt auch ein Koch, das wird er schnell merken, vielleicht gewinne ich so sein Vertrauen und bekomme raus, was in seinem Kopf vor sich geht."

Rita musste schmunzeln, da sprach er schon weiter. „Und für Tanja melde ich mich mit *Löffel* an. Ich habe verschiedene E-Mail-Konten, da geht das." Wieder überlegte er. „Und ich schau mir diese Lara mal an. So, dass es die Kinder nicht merken. Da fällt mir schon noch etwas ein."

„Und wie soll ich mich nennen? *Besteckkasten*?" Rita kam sich albern vor.

„Du bist die Mutter, der Schutzengel im Hintergrund. Du solltest dich gar nicht verstecken müssen. Nenn dich doch einfach *Ri Ta*."

„Was für eine schwachsinnige Tarnung soll das denn sein?" Rita war sicher, dass er sie nur auf den Arm nehmen wollte. „Und ich habe auch kein Foto."

„Lass das mal meine Sorge sein. Ich richte für dich auch ein Konto ein, lade ein Foto hoch und sorge dafür, dass alles funktioniert. Du musst nur zusehen, dass deine Kinder weiterhin glauben, dass du den Rechner hasst. Dann kommen sie nie auf die Idee, *Ri Ta* könne ihre Mutter sein."

„Da muss ich mich nicht einmal verstellen", seufzte Rita. „Ich muss nur immer warten, bis Roger arbeiten ist, damit ich an den Rechner kann."

„Frag doch Sorglos, ob er dich nicht mal an seinen lässt, wenn du bei ihm arbeitest."

„Da bin ich sonntags." Rita seufzte.

„War ja nur so eine Idee, dann könnten wir gleichzeitig mit ihm sprechen, das wirkt natürlicher." Horst schien zu überlegen. „Gib mir ein paar Tage Zeit und melde dich wieder, sobald die Luft rein ist. Dann führe ich dich von hier aus durch das Programm, bis du verstanden hast, wie es funktioniert, ja?"

„Na gut." Was blieb ihr auch anderes übrig? Sie hatte jedem ihrer Babys nach der Geburt ins Ohr geflüstert, immer da zu sein, und dafür zu sorgen, dass es ihm oder ihr gut ginge. Nur hatte sie keine Vorstellung davon gehabt, welche Probleme auftauchen würden.

Jetzt musste sie sogar ins verhasste Internet eintauchen und anonym Kontakt aufnehmen mit ihren beiden Großen und gemeinsam mit ihrem Vater dafür sorgen, dass sie irgendwie die nächsten Jahre heil überstanden, bis sie endlich erwachsen und vernünftig waren.

Wer weiß, schoss es ihr plötzlich durch den Kopf, vielleicht lernte sie von den jungen Leuten ja sogar noch etwas.

„Rita?"

„Ja, Horst?"

„Eine Frage noch. Sind die Zwillinge auch online?"

„Nein, natürlich nicht!"

„Hm."

„Wie *hm*?"

„Wenn du da mal nicht falsch liegst."

Oh nein, bitte nicht! Horst hatte recht. Wenn nichts mehr so war, wie es sein sollte, dann konnten sich auch die inzwischen zwölfjährigen Bengel längst auf und davon gemacht haben.

Rita spürte, wie ihr ein Schluchzen in die Kehle stieg, und ohne, dass sie es verhindern konnte, entwich es ihr und sauste durch die Leitung bis auf eine Alm in der Schweiz.

„Schatz?"

„Ja?"

„Ich kümmere mich."

„Danke Horst, bis bald."

„Bis bald."

Kapitel 14

Als der Wecker schellte, kroch Rogers Hand unter der Bettdecke hervor und suchte vergeblich die Schlummertaste. Es dauerte eine Weile, ehe er begriff, dass seine Mutter den Wecker irgendwann heute Nacht, nachdem er endlich eingeschlafen war, vom Nachttisch auf den Schreibtisch unterm Fenster gestellt haben musste. Den Verdacht, dass Sorglos sich hinter seinem Rücken mit ihr austauschte, hatte er schon seit ein paar Tagen. Aha, also waren sein Verschlafen und seine Verspätungen nun auch zuhause angekommen.

Roger drehte sich um und zog die Decke über den Kopf. Irgendwann würde der Wecker schon aufhören zu klingeln. Mama war arbeiten, die Kleinen und Tanja in der Schule, und ihm war es im Moment völlig egal, ob Sorglos ihn rauswarf oder nicht. Eigentlich war ihm absolut alles egal.

Er hatte sich in den letzten Tagen so oft blamiert, hatte so oft etwas falsch gemacht, so oft keine Idee mehr gehabt und sich gestern nicht einmal mehr erinnert, welcher Handgriff von ihm erwartet wurde, dass er überzeugt war, den Verstand verloren zu haben. Sein Kopf war nur noch voller Bilder von Lara und ihren reichen Freunden, und in den Nächten jagten ihn zähnefletschende Hundemeuten durch eine osteuropäische Steppe, während er sich die Seele aus dem Leib schrie und ihn niemand, aber auch absolut niemand hörte.

Vielleicht hatten die Leute ja Recht, und das Internet machte einen verrückt? Roger drehte sich auf die Seite und winkelte die Beine an. Kein Wunder, dass Babys im Mutterleib so lagen, anders konnte man sich nicht mehr sicher fühlen, fand er und presste den Kopf ins Kissen und eine Hand auf sein freies Ohr, um das immer schriller werdende Läuten des Weckers aus seinem Kopf auszusperren.

Wozu sollte er überhaupt noch aufstehen? Was er auch kochte, es wurde fad und langweilig. Alle Kräuter schienen seit ein paar Tagen nach nichts mehr zu schmecken, und gestern hatte Sorglos sein Mittagessen nach nur wenigen Bissen zurückgehen lassen. Ein anderer Auszubildender war von Gruber bestimmt worden, dem Chef etwas Genießbares zuzubereiten, und Roger war in die Spülküche geschickt worden. Was war um Himmels willen mit ihm los?

Roger spürte, wie ihm schlecht wurde, und auch wenn er eigentlich vorgehabt hatte, liegen zu bleiben, zwang ihn die plötzliche Übelkeit aufzustehen. Er wankte zum Schreibtisch und schlug so heftig auf den blöden Wecker, dass dieser mit ein paar blechernen Sprüngen über die Tischplatte hoppelte und auf den Boden krachte. Na, wenigstens war jetzt Ruhe.

Im Bad stand Roger vor der Toilette und presste die Hände vor den Bauch. Vielleicht wurde er ja gar nicht verrückt, schoss es ihm durch den Kopf, sondern einfach nur krank. Richtig krank.

Kaum hatte er diesen Gedanken zu Ende gedacht, sammelte sich säuerlicher Speichel in seinem Mund, und er schaffte es gerade noch, sich auf die Knie fallen zu lassen und den Kopf über die Kloschüssel zu halten, ehe er sich übergab.

Als die Krämpfe, die seinen Magen folterten, so schmerzhaft wurden, dass er laut stöhnen musste, bekam er es mit der Angst zu tun. Nein, das war kein Faulfieber, wie

Mama es immer nannte, wenn einer von den Kleinen keine Lust hatte, zur Schule zu gehen. Das war etwas anderes.

Als er das Gefühl hatte, das Schlimmste könnte vorerst überstanden sein, rief Roger im Hotel an. Sorglos klang besorgt, als er sich abmeldete, aber er fragte nicht viel. Es sei schon richtig gewesen, sich zu melden. Sorglos bat ihn, einen Arzt aufzusuchen und ihn sofort zu informieren, wie ernst es sei.

Benommen zog sich Roger an und telefonierte mit der Praxis des Arztes, zu dem er das letzte Mal als Kind gegangen war. Nein, er müsse nun zu einem Hausarzt, informierte man ihn. Seine Mutter wisse sicher, wer das sei. Meine Güte, fühlte sich Roger belehrt, ich bin doch kein kleines Kind mehr, das immer seine Mutti fragen muss! Mama geht zu Frau Dr. Wischmann, ich also auch.

Als er wenig später in der Praxis der Frauenärztin von einer grinsenden Sprechstundenhilfe eine Etage höher zu Dr. Marker geschickt wurde, musste er doch schmunzeln. Wenn er jemanden hätte, dem er das erzählen könnte, wäre dies eine prima Geschichte.

Vielleicht würde *Mes Ser* seinen Spaß daran haben, dachte Roger und suchte sich einen Platz im Wartezimmer. Oder diese *Ri Ta*, die ihm ein bisschen auf die Nerven ging.

Wie aus dem Nichts hatte er nämlich vor einigen Tagen zwei Freundschaftsanfragen bekommen, beide mit einer kleinen Nachricht dabei. *Mes Ser* – Roger fand, das passte gut zu seinem eigenen Decknamen – schrieb, er sei neu und hätte das Gefühl, eine *Ga Bel* würde ihm gerade noch fehlen zum Glück. Ob er Lust habe, ihn als Freund zu bestätigen? Roger hatte ein wenig überlegt. Das Profilbild zeigte eine schneebedeckte Bergspitze. Naja, immer noch origineller als ein matschiger Hund bei Nacht, hatte er gedacht und auf *Bestätigen* geklickt.

Sein neuer Freund war scheinbar wirklich neu. Roger hatte ja wenigstens das Hotel Sorglos und *Lara Safran* als Kontakte, *Mes Ser* hatte nur sich selbst und besagte *Ri Ta*, die offensichtlich auf demselben Berg wohnte. Sie hatte ein ähnliches Foto, nur mit einem Sonnenaufgang. Das sah richtig klasse aus. Sie schrieb ihm, dass sie die Nase voll hätte von den Erwachsenen und gerade über eine verlorene Liebe hinwegkommen müsse, woraufhin sich *Mes Ser* richtig an sie heran warf mit Tipps, und das alles vor seinen Augen! Meine Güte, die waren aber offen, fand Roger und las neugierig mit.

Ri Ta war eine richtige Quasselstrippe, schrieb, wie sie dachte, und war immer dann online, wenn Roger arbeiten war. *Mes Ser* hatte herausgefunden, dass sie alle drei sonntags nachmittags Zeit hatten, dann konnten sie sich richtig miteinander unterhalten. Sonst kamen *Ri Tas* Antworten halt immer erst ein paar Stunden später. Roger fand das nervig, *Mes Ser* schien es nicht zu stören.

Der Typ hatte doch tatsächlich denselben Beruf wie er! Deshalb fanden ihre Gespräche entweder nachts nach der Arbeit oder vormittags vor der Arbeit statt. Als ihnen klar geworden war, dass sie in Hotelküchen arbeiteten, hatte *Mes Ser* ihm sofort ein Rezept geschickt, das spannend klang und das er sicher einmal nachkochen würde, sobald er wieder in Ordnung war und sobald nicht mehr alles, was er zubereitete, nach Pappe schmeckte.

Der Arzt würde schon rauskriegen, was ihm fehlte, hoffte Roger und blätterte in einer Zeitschrift. Er musste gähnen. Vielleicht könnte er dann auch wieder einschlafen und würde nicht mehr stundenlang aus dem Fenster starren und versuchen, den Mond nicht anzusehen. Irgendwie hatte er das Gefühl, Laras Blick zurzeit nicht standhalten zu können.

Er wusste natürlich, dass es Blödsinn war, dieses ganze romantische Gequatsche mit dem Mond und ihren sich treffenden Blicken, aber trotzdem tat es weh zu sehen, wie wieder etwas wegbrach, das ihm viel bedeutet hatte. Wie blöd er gewesen war zu glauben, die Frau, die da im Internet jeden Tag mit Hunderten von Leuten Tiere rettete, könnte sich noch für ihn interessieren.

Roger spürte, wie sich sein Magen wieder zusammenzog. Was ihn am meisten quälte, das wusste er eigentlich schon ganz genau, war das Gefühl, dass Lara mit ihm spielte. Er hatte erst vor ein paar Wochen ihren letzten Brief bekommen, und wenn Mama ihm nicht den Rechner geschenkt hätte, wüsste er bis heute nicht, was für ein Leben seine Freundin in Wirklichkeit führte.

Sie klang in ihren Briefen so normal, so, wie er sie in Erinnerung hatte. Älter zwar, aber nicht eingebildet oder arrogant, auch wenn sie Artikel für Magazine schrieb und an einem richtigen Buch arbeitete. Sie klang so, als hielte sie ihn für die Mitte ihrer Welt, auch wenn er seit ihrem Umzug nur noch wie ein kleiner und uninteressanter Planet ihr schillerndes Universum umkreise. Auch wenn sie das noch nie ausdrücklich gesagt hatte, hatte Roger immer das Gefühl gehabt, er könne zwischen den Zeilen lesen und würde darin dieselbe Liebe spüren, wie er sie für Lara empfand.

Und dann brach alles zusammen, und er sah, dass sie eigentlich ganz anders schrieb, dass sie online einen ganz anderen Wortschatz benutzte als früher. Sie bedankte sich wortgewandt für Hilfe, biederte sich flirtend an, nur um einen Hund zu vermitteln, suhlte sich in Worten wie *geil*, *cool*, *fetzig* und *gigantisch gut*, wenn sie von ihren Mega-Partys berichtete. Es waren gerade und vor allem die Bilder dieser Events, die Roger wachhielten. Bilder, auf denen Lara sich als die unumstrittene Königin der Nacht inszenierte, für jeden der sie wollte und für diesen widerlichen Mark ganz besonders.

Sie musste ja glauben, er sei vollkommen bescheuert! Zu blöd für einen Internetanschluss, also auch zu blöd, um ernst genommen zu werden! Ein langweiliger Kochlehrling eben, der verschwitzt in einer Küche stand, in anderer Leute Essen herumrührte und nachher dreckige Servietten von Tellern mit kalter Soße fummeln musste. Wenn sie wüsste, dass er ihretwegen nachts den Mond anhimmelte, vor dem Einschlafen seine Hand auf eine Plastiktüte mit Gewürzen legte und davon sponn, sie eines Tages zu heiraten, nur weil sie sich als Kinder einmal gut verstanden hatten! Sie würde ihn auslachen, da war er absolut sicher.

Gott sei Dank hatte er ihr noch nicht den langen Brief geschickt, den Frau Höge für ihn korrigiert hatte und in dem er Lara ziemlich deutlich seine Liebe gestand. Frau Höge war davon so gerührt gewesen, dass sie feuchte Augen bekommen und ihn zum Abschied – ein wenig peinlich war das ja schon gewesen – in den Arm genommen und gedrückt hatte. Alleine die Vorstellung, dass Lara sich mit ihren neuen Schickimicki-Freunden über den Brief lustig gemacht hätte, wollte einen neuen Brechanfall auslösen, aber da ging die Sprechzimmertür auf und eine ältere Praxisschwester führte ihn in einen Behandlungsraum.

Nein, Roger war auf einmal ziemlich sicher, dass Dr. Marker keinen Erreger bei ihm diagnostizieren würde. Das, woran er litt, verbreitete sich nicht auf herkömmlichen Weg. Wenn er sich einen Virus eingefangen hatte, dann übers Internet. Er bezweifelte, ob der Arzt dagegen ein Rezept ausstellen konnte oder ob er in seinen Pflanzenbüchern selbst ein Gegenmittel finden würde. Wenn er sich richtig erinnerte, war gegen Liebeskummer noch kein Kraut gewachsen. Und gegen Eifersucht erst recht nicht.

Als er nach der Untersuchung, mit einem Attest und einer Krankschreibung für zwei Tage, langsam nach Hause ging, rumorten die Worte des Mediziners in seinem Kopf: „Du willst nicht mit mir darüber reden, was dich quält? Na gut, Junge, aber sei vorsichtig. Friss es nicht noch mehr in dich hinein, sonst sehen wir uns das nächste Mal bei der Operation deines Magengeschwürs."

Dann hatte er ihm zum Abschied die Hand gedrückt und ihn ernst angesehen. „Es gibt die Redensart *sich auskotzen* nicht umsonst. Dein Körper spricht gerade mit dir und versucht dir mitzuteilen, was du tun musst, damit es dir wieder besser geht. Er hat dir heute sehr deutlich gesagt, dass du jemanden suchen musst, dem du erzählen kannst, was dich bedrückt. Wenn du nicht mit mir oder deiner Mutter reden willst und keinen Freund hast, bei dem das geht, dann such dir jemanden, der dich vielleicht nur oberflächlich kennt. Das würde dir sicher auch schon gut tun."

Roger wusste nicht wieso, aber ihm fielen wirklich nur *Mes Ser* und *Ri Ta* ein, seine beiden Bergfreunde. Na gut, er würde es versuchen. Er würde sie gleich einfach mal um ihren Rat bitten und abwarten, wie die beiden reagierten. Wenn der Arzt Recht hatte und es ihm danach wieder gut ging, umso besser. War wenigstens einen Versuch wert. Wenn nicht, dann würde er sich im Internet abmelden und den Rechner in Tanjas Zimmer schleppen. Dann hatte er die Nase voll.

Oh Mann, seine Mutter würde am Rad drehen, wenn sie wüsste, dass er kurz davor war, sein Herz wildfremden Menschen auszuschütten.

Kapitel 15

Lara schloss die Terrassentür, wickelte ihre dünne Sommerjacke ein wenig enger um sich und atmete tief durch. Es war bereits dunkel aber noch wunderbar mild. Ein schöner August eben. Bald würde man aber den Herbst riechen, und dann war es nur noch ein Katzensprung bis zum Winter, der hier viel härter werden konnte, als sie das aus Deutschland kannte.

Nachdenklich ging sie zu den neuen Zwingern, die ihr Vater hatte aufstellen lassen. Die Hunde darin lagen zusammengerollt in ihren Hütten, manche auch davor auf kleinen Podesten.

Die Zwinger waren nur nach einer Seite offen und relativ windgeschützt, und alle Schützlinge, die hier untergekommen waren, würden in ein paar Monaten beginnen, ein dickes Winterfell anzulegen. Im Vergleich zu denen, die in den Zimmern im Haus lebten, waren die hier stark und gesund. Im Vergleich zu den behüteten und verhätschelten Hunden in Deutschland sahen sie aber immer noch erbärmlich aus.

Der eine oder andere Hund hob den Kopf, als sie vorbeiging, und grüßte sie mit einem müden Schwanzwedeln.

Am letzten Zwinger blieb Lara stehen, trat ein und schloss die Tür leise hinter sich. Dann ging sie zu einer der beiden Hundehütten und griff hinein. Ihre Hand ertastete langes, weiches Fell. Die Hündin in ihrer Hütte schien die Berührungen zu genießen und rekelte sich ein wenig.

Lara liebte diese Hündin. Sie war trächtig und würde bald ins Welpenhaus wechseln. Als man sie aufgegriffen hatte,

hatte sie stark gehumpelt, und eine Wunde an der hinteren linken Flanke schien darauf hinzudeuten, dass sie angefahren worden war. Ein Tierschützer hatte sie ohne große Umstände direkt zu den Valentins gebracht.

Jeder im weiten Umkreis wusste inzwischen, dass man Hunde hier aufnahm und gut über die redete, die sie brachten. Geld erhielt man nicht, wenn man ein Tier ablieferte, und das fand Lara auch gut so. Sonst wäre die Verlockung zu groß gewesen, sich seinen Unterhalt mit Hundehandel aufzupeppen. Es gab jedoch nicht nur ein herzliches Dankeschön. Papa schrieb den Namen des Tierfreundes auf, fotografierte ihn oder sie mit dem geretteten Tier und stellte das Foto mit ein paar anerkennenden Worten auf ihre Internetseite, die man in allen möglichen Sprachen aufrufen konnte. Offensichtlich wirkte das. Der Vater eines Klassenkameraden gab sogar öffentlich damit an, dass er bei den Tierschützern auf der Seite zu finden war, und angeblich hatte das seinem kleinen Betrieb Aufwind gegeben. So erzählte es jedenfalls sein Sohn, und Lara hatte keinen Grund, ihm nicht zu glauben.

Ihre Mutter sagte immer, jedes gerettete Hundeleben zähle. Sie kümmerte sich um die Vermittlung der Tiere, litt mit jeder einzelnen Fellnase und hatte keinen Blick für die großen Zusammenhänge. Um die kümmerte sich ihr Vater. Verbissen arbeitete er daran, dass sich das Bewusstsein der Leute hier für die Rechte der Hunde änderte. „Man muss sich nach der Decke strecken, Lara", hörte sie mehr als einmal in der Woche, und zwar meistens vor der Party. Jeden Samstagabend wurden inzwischen besonders einflussreiche Politiker und Geschäftsleute eingeladen, die dann im Laufe des Abends und nach fortgeschrittenem Alkoholgenuss Patenschaften für einzelne Hunde übernahmen. Jeder Pate bekam eine aufwändig gestaltete Urkunde mit dem Foto des Schützlings, dem eigenen Namen in goldenen Lettern und einem edlen Rahmen.

Wenn sie Papa glauben konnte, dann hing schon in der einen oder anderen Bank und in dem einen oder anderen Büro ein solcher Gönner-Nachweis. „Prestige, Lara, Prestige! Gib den Leuten was, worauf sie stolz sein können. Tu was für ihr Ego, dann tun sie auch etwas für dich." Dass ihr Vater Recht hatte, konnte man am Bürgermeister ihres Ortes sehen. Bei ihm hingen gleich drei Urkunden, und Papa hatte dafür gesorgt, dass die Hunde, für die das politische Oberhaupt der Stadt Patenschaften übernommen hatte, statthafte Burschen waren: groß, kräftig, durchsetzungsfähig. Niemals hätte er ihm die traurige Peperoni, den dreibeinigen Beifuß oder die blinde Curcuma ins Büro gehängt.

Papa hatte es irgendwie geschafft, sich die Einzelschicksale nicht mehr so zu Herzen zu nehmen, wie Mama und sie, aber inzwischen verstand Lara das auch. „Wenn ich das nicht trenne, Lara, dann bleibt keine Kraft mehr für die große Sache. Und wenn wir hier wirklich etwas erreichen wollen, dann müssen wir das System von innen heraus verändern, so ungerecht uns das auch manchmal vorkommen mag. Wenn wir nichts anderes machen, als Hunde zu versorgen, zu kastrieren, zu chippen und dann nach Deutschland zu vermitteln, dann können wir das bis zum Jüngsten Tag tun und ändern nichts. Gar nichts."

Was das bedeutete, hatte Lara eben bei der Party wieder gemerkt. Eingeladen waren immer auch vollkommne Tierschutz-Neulinge, Leute mit Geld und Einfluss, die den eigenen Hund mit blutendem Hals an der Kette hielten. Leute, die ihren Eltern von anderen als potenzielle Unterstützer empfohlen worden waren.

Was Lara nur so verrückt machte, waren die immer gleichen Sprüche und Vorurteile, die alle ‚Neuen' wie Gift versprühten und die oft darin gipfelten, man müsse das Problem der Hundeplage mit rabiatesten Mitteln bekämpfen und nicht so langsam und aufwändig, wie das die Fremden aus Deutschland taten. Und das Schlimmste daran war für Lara, dass selbst sie manchmal, in ganz besonders dunklen und einsamen Stunden, glaubte, sie könnten Recht haben. Die Arbeit des griechischen Helden Sisyphos war nichts gegen die nicht enden wollende Flut an Hunden in Not, gegen die sie mit zwanzig zweckentfremdeten Villenräumen, vier großen Zwingern und einer völlig überlasteten Gartenhausklinik ankämpften.

Sie streichelte über den prallen Leib der hochschwangeren Hündin, die ihre Augen wieder geschlossen hatte. Sie hatte sie Pomeranze genannt, weil einer der Tierärzte beim Ultraschall gemeint hatte, es könnten sieben Welpen werden, und weil die Pomeranze als Pflanze siebenfach nützlich war. Das war schon eine Menge für eine Bitterorange, fand Lara. Noch immer bedeuteten ihr Pflanzen beinahe ebenso viel wie Hunde und andere Tiere, und wenn sie die Namen aussuchen durfte, dann wählte sie stets welche aus ihren Pflanzenbüchern. Eines Tages, wenn sie sich in einen Hund so verlieben würde, dass dies den Schmerz linderte, der sie überfiel, wenn sie an Roger dachte, würde sie ihn *Safran* nennen. Bis dahin blieben ihr genug andere Namen, die sie in diesem Tierheim vergeben konnte.

Der Lärm der Party drang durch die geschlossenen Fenster bis zu den Zwingern, aber das interessierte Lara nicht. In

Gedanken war sie, wie so oft, längst wieder bei Roger in Deutschland. Meistens war sie abends einfach zu müde, um ihm zu schreiben, und so hatte der Rhythmus, in dem sich ihre Briefe auf den Weg in die alte Heimat machten, innerhalb der letzten Monate verändert. Sie hoffte, dass er das vielleicht gar nicht bemerkte. Sie hatte sich schon so oft hinsetzen wollen, aber ihre Eltern brauchten sie tagein und tagaus, und zu allem Überfluss auch immer häufiger an den Wochenenden, wenn diese unsäglich nervtötenden Partys stattfanden. Lara konnte verstehen, dass man sich gut verkaufen musste, wie ihr Vater das nannte, um möglichst viel zu bekommen. Aber für die Tiere war ihm kein Opfer zu groß. Und deshalb wurde sie das Gefühl nicht los, als verkaufe er sie jeden Samstag aufs Neue. Immer und immer und immer wieder. Zum Wohl der Hunde.

Lara sehnte sich nach der Stille, die sie mit Roger in Deutschland zurückgelassen hatte. Seitdem sie fortgezogen waren, war es nie mehr wirklich leise gewesen. Tag und Nacht waren Menschen um sie herum gewesen, als das Tierheim noch im Aufbau war. Dann das dauernde Bellen der vielen Hunde, die Tierschützer, die kamen und gingen, die Telefonate, die ihre Eltern rund um die Uhr führten, der Krach in der Stadt, wenn sie zur Schule fuhr, die laute Schule selbst und an den Wochenenden die aufgesetzt gute Laune bei den Feiern, die sie mehr hasste als alles andere.

Papa hatte sie gebeten, sich dafür besonders schick zu machen, wie Mama. „Das Auge isst mit", war sein Argument gewesen und sie kam sich vor, als würde sie zu Markte getragen.

Zu ihrem sechzehnten Geburtstag vor ein paar Wochen hatte er einen Fotografen kommen lassen, der eine Serie von

Bildern mit ihr geschossen hatte. Dann hatte Mama einfach eines der Bilder auf ihr Netzwerk-Profil hochgeladen und die Safranblüte ersetzt, die sie bisher so geliebt hatte. „Schatz, wenn wir diesen Tieren helfen wollen, können wir es uns nicht leisten, wie verträumte Kinder hier aufzutreten. Kein seriöser Geschäftsmann würde uns auch nur einen Cent anvertrauen. Nein, Mücke, das Internet ist kein Spielplatz. Hier werden Dinge bewegt. Du bist jetzt fast erwachsen und ein Teil dieses Unternehmens, ob dir das passt oder nicht."

Es passte ihr nicht, aber was spielte das für eine Rolle? Eine Weile hatte sie ihre Seite noch beobachtet, dann die Netzwerke für sich abgeschrieben. Sie kannte eh niemanden, der sich als *Freund* dort aufhielt, und war ohnehin nie mit jemandem so eng befreundet gewesen wie mit Roger, der einzige, der sich ums Verrecken nicht im Internet blicken ließ. Inzwischen tobte sich Mama auf ihren Accounts aus und tat so, als sei sie *Lara Safran*. Und dieser Fotograf, dieser widerliche, aufdringliche Mark, half ihr dabei.

„Es hat noch niemandem geschadet, sich ein wenig im Glanz der anderen zu sonnen, schon gar nicht für eine gute Sache", war Mamas Lieblingsspruch. Lara konnte nicht mehr sagen, wer davon mehr Gebrauch machte, die Valentins wegen Marks gutem Ruf, oder Mark wegen des wachsenden Ruhms der reichen Tierschützer aus Deutschland. Auf jeden Fall schien Mark stolz darauf zu sein, sich als bester Freund ihrer Eltern zu präsentieren. Wie zufällig stand immer ihr Vater mit einer Kamera in der Nähe, und die Fotos, die Papa *zufällig* von Mark und ihr geschossen hatte, lösten in Lara einen Würgreiz aus. Wenn sie es nicht besser gewusst hätte, würde sie glauben, sie sei diesem arroganten Schnösel von ihrem Vater versprochen worden. Für eine geschickte Platzierung der Bilder in der Regenbogenpresse Deutschlands.

„Beschweren willst du dich?!", hatte ihr Vater sie gestern erst angefahren. „Das Fräulein wird aufmüpfig? Nun, meine liebe Tochter, dann frage dich doch mal, warum sich ein Hundemagazin für deinen Artikel interessiert. Bist du wirklich noch so naiv, dass du glaubst, das läge an deinem herausragenden Schreibstil? Ist dir nie in den Sinn gekommen, Mark könnte da ein paar Kontakte für dich ausgespielt haben? Denk darüber doch einfach mal nach, ehe du dich das nächste Mal beschwerst, ja? Und lass deine Mutter in Ruhe! Weißt du eigentlich, wie viele Hunde sie über deine Profile schon vermittelt hat? Hast du denn gar kein Herz für die Tiere? Wenn du nicht so verflucht egoistisch wärst, würdest du ihr etwas Arbeit abnehmen und dich selbst mal ein wenig darum kümmern, statt in Selbstmitleid zu versinken."

Lara hatte das Gespräch noch immer nicht verdaut. So war das also. Die Hunde waren ihnen wichtiger als sie. Sie hatte den Verdacht immer schon gehabt.

Lara erhob sich, trat aus dem Zwinger, schloss die Tür und schaute in den Himmel. Sie konnte nur ab und zu einen Blick auf den Vollmond erhaschen, wenn die Wolkendecke aufriss, aber der Anblick war dann umso atemberaubender. Ob Roger jetzt auch hinsah? Ob er noch an sie dachte?

Egal, wieso ihr Artikel ein Magazin interessiert hatte, er würde in einigen Wochen erscheinen, dachte sie plötzlich trotzig. Sie würde sogar ein kleines Honorar bekommen. Das war das erste eigene Geld, das sie je verdient hatte.

Das Honorar, das sie bekommen würde, reichte fast schon für eine Fahrkarte nach Hause. Aber noch nicht ganz.

Sie würde weitere Artikel schreiben und versuchen müssen, andere Magazine und Zeitungen für das Thema Auslandstierschutz zu interessieren. Denn bei aller Verzweiflung, es lag ihr viel daran, zu helfen. Wenn die Zeitungen und Fernsehsender nur halb so viel Platz für dieses Thema vorsehen würden, wie für Fußball, dann gäbe es das ganze Elend wahrscheinlich schon gar nicht mehr. Und auch wenn sie oft nicht wusste, woher sie die Kraft nehmen sollte, es gab immer noch ihr Herzensprojekt, ihren Roman, den sie *Safranträume* nennen wollte, und in die Arbeit daran flüchtete sie sich, wenn gar nichts anderes mehr ging. Vielleicht würde sie damit ja eines Tages Erfolg haben, Geld verdienen und dann endlich zu Roger zurückkehren können.

Die Wolken schoben sich wieder vor den Mond. „Schlaf gut, Roger", murmelte sie wie jede Nacht und ging langsam zum Haus zurück.

Je näher sie kam, desto deprimierter wurde sie. Die Stimmung im Haus war laut und ausgelassen. Man sang, und vermutlich tanzten auch schon ein paar Gäste. Die Nacht würde wieder lang werden. Betrunkene Großmäuler, mit denen ihr Vater sie zwang zu tanzen, würden stundenlang auf ihren müden Füßen herumtrampeln, ehe sie endlich ins Bett durfte.

Lara fragte sich, ob sie dies alles hier je mit demselben Lächeln ertragen würde wie ihre Mutter, die immer wieder mit perlendem Lachen den Kopf in den Nacken warf und jedem noch so öden Dorfvorsteher der Region das Gefühl gab, er wäre auf dem besten Weg, der nächste Regierungschef zu werden. Würde sie je lernen, den übereifrigen und distanzlosen Mark zu ertragen, der mit seiner blöden Kamera wichtigtuerisch zwischen den tanzenden Paaren umher flitzte, als wäre das Ganze ein Presseball? Am schlimmsten wurde es immer, wenn er seinen Fotoapparat weglegte und sich neben sie setzte, sobald sie sich einmal eine Pause gönnte. Dann legte er seinen Arm um sie und atmete ihr seine Alkoholfahne in den Nacken. Da konnte Lara so oft von ihm abrücken, wie sie wollte, das machte alles nur noch schlimmer, weil die Gäste glaubten, sie sei nur schüchtern, und ihn dann mit ihrem Lachen und ihren blöden Sprüchen auch noch ermutigten.

Was sollten sie auch anderes denken? Sie sprach fast nie, denn ihr Vater hatte ihr offen gedroht. „Krieg das Gestammel in den Griff oder sei still. Du bist kein kleines Kind mehr, gib dir einfach mal ein bisschen Mühe! Das ist nicht nur peinlich für dich, sondern auch für uns und vergrault uns die Hundepaten!"

Lara unterdrückte ein Schluchzen. Sie war so müde! Aber sie wusste genau, dass sie sich erst verabschieden und ins Bett gehen durfte, wenn ihre Mutter Erbarmen mit ihr hatte. Nie geschah dies, ehe nicht jeder Gast mindestens eine Hundepatenschaft übernommen hatte.

Anfangs hatte sich Lara nach solchen Abenden in den Schlaf geweint, jetzt ließ sie sich vor Erschöpfung einfach in den traumlosen Abgrund fallen, der sie nachts erwartete. Vorbei die Kindersehnsüchte, es blieb einfach keine Kraft mehr, zu träumen. Die Gäste torkelten derweil zufrieden nach Hause und niemand würde je Zeuge werden, wie die Valentins am nächsten Morgen unausgeschlafen und zerzaust nach einem schnellen Frühstück die Urkunden für die neu gewonnenen Paten ausdruckten und rahmten. Zum Wohl der Hunde.

Kaum hatte sie das Haus wieder betreten und ihre Jacke

über einen Stuhl gehängt, da stand schon der erste Tanzkandidat neben ihr und hielt ihr breit lächelnd die Hand hin.

„Zum Wohl der Hunde, zum Wohl der Hunde, zum Wohl der Hunde …", murmelte sie in Gedanken und reichte dem kleinen, untersetzten Metzger aus dem Nachbarort mit einem verlegenen Blick die Hand. Wenn sie sich Mühe gab und ihr gleich noch ein Lächeln gelang, dann würde morgen eine ganze Ladung frischer Fleischabfälle kommen. Pomeranze konnte das gute Futter dringend gebrauchen, und auch einige andere Tiere mussten noch etwas Fett ansetzen. Der Winter würde ganz sicher kommen, und, so befürchtete Lara, wahrscheinlich nie mehr enden.

Kapitel 16

Wirklich, das Dessert hatte vorzüglich geschmeckt! Horst Roland stand in der Küche seines winzigen Appartements und überlegte, ob er das Schüsselchen nicht vielleicht auslecken könnte. Vermutlich nicht, er würde sich die Zunge dabei brechen, aber wenn er den Finger nähme? Meine Güte, die Rezepte, die Roger ihm schickte, waren Gold wert!

Offensichtlich war Sorglos derselben Meinung. Auf der Webseite und selbst über die Fan-Seite des Hotels postete der alte Geizhals inzwischen sogar die Menükarten und hoffte sicher zu Recht, dass die Gäste in Scharen über ihn herfallen würden. Er ging sogar so weit – und das rechnete ihm Horst hoch an – Rogers Namen anzugeben. Das hatte er auch noch nicht erlebt, dass ein Hoteldirektor mit einem Koch-Auszubildenden im zweiten Lehrjahr warb. Aber der Mann war clever. Wenn Horst seiner Frau glauben konnte, dann waren das Hotel und das Restaurant auf Monate ausgebucht, und sicher nicht zuletzt aufgrund der großartigen Arbeit, die sein Sohn dort – endlich wieder – in der Küche leistete.

Gott sei Dank hatte sich der Junge gefangen.

Nicht nur das, er schien über sich selbst hinausgewachsen zu sein, und es war eine Freude gewesen zu beobachten, wie aus dem vor Kummer kranken Jungen, um den sich alle im Sommer noch so gesorgt hatten, innerhalb weniger Wochen wieder ein von seiner Inspiration beflügeltes Kochgenie geworden war.

Horst stellte das schmutzige Geschirr in die kleine Spüle und ging ins Bad, um sich fürs Bett fertigzumachen. Sein

Urlaub endete morgen, und er hatte seit seiner Rückkehr gestern Nachmittag fürchterlich viel geschlafen. Er war eigentlich auch nur aufgestanden, um etwas zu essen und nachzusehen, ob Roger etwas Neues geschrieben hatte. Tanja besuchte er natürlich auch ab und zu, aber sie ging kaum noch online. Irgendein Streit mit einigen Zicken aus ihrem virtuellen Freundeskreis hatte ihr die Lust am Chatten verdorben. Gut so.

Ga Bel war offensichtlich heute schon online gewesen, aber nur kurz, und *Mes Ser* konnte genau erkennen, was er mit seinen sparsam verteilten *Gefällt mir*-Klicks für interessant gehalten hatte. Schon aus Gewohnheit schloss sich *Mes Ser* jedem der Klicks an, ebenso wie es später wohl auch *Ri Ta* noch tun würde. Dies hatte *Ga Bel* schon früh Vertrauen zu ihnen aufbauen lassen. Sie drei waren einfach dauernd derselben Meinung. Toll, oder? Horst seufzte. Was tat man nicht alles für die Blagen.

Inzwischen hatte ihr kleines Trio ungefähr zwanzig gemeinsame Freunde, Menschen, die weder Horst noch Rita kannten. Sie vermuteten, dass es Arbeitskollegen von Roger waren oder ehemalige Schulfreunde. Der eine schien sich für Literatur zu interessieren, der andere für Sport. Das ging ja noch. Aber dann waren ein paar dabei, die auf seltsame Musik standen, und einer grub immer irgendwo kleine Filme bei You Tube aus, die im besten Fall laut zu nennen waren. Dennoch, man vergab sich nichts, wenn man seinem Kind folgte und solidarisch Allgemeingefallen an allem und jedem äußerte.

Horst sah in den Spiegel und strich sich über das dichte, dunkle Haar. Von wegen, das Internet sei nur etwas für junge Leute! Die vertrödelten höchstens kostbare Lebenszeit dort. Er jedoch nutzte das Netzwerk, um in der realen Welt für Ordnung zu sorgen, und es machte wider Erwarten richtig Spaß. Endlich fühlte sich Horst wieder als das, was er vor seinem Fehltritt gewesen war: ein Familienvater, der dafür sorgte, dass es seinen Kindern gut ging. Wenn er dabei noch ein Mädchen rettete, die das Herz seines Sohnes in ihren zitternden Händen hielt, dann umso besser.

Horst war stolz auf sein Geschick. Er hatte sich bereits im Sommer, kurz nach der anonymen Kontaktaufnahme mit Roger alias *Ga Bel*, unter einem anderen Namen auch bei *Lara Safran* als Freund eingeschlichen. Wie er vermutet hatte, war seine Anfrage im Rausch des generellen Bestätigens einfach mit durchgewunken worden und er hatte sich endlich selbst ein Bild davon machen können, was seinen Ältesten Tag für Tag so quälte.

Horst nahm sich viel Zeit, um sich einen umfassenden Eindruck von Lara und ihrem Netzwerk zu machen. Dabei kam er auch ihrem Geheimnis auf die Spur.

Zunächst sah er sich die Bilder in ihren Alben an. Ja, das Mädchen war bildhübsch, und er konnte sich gut vorstellen, wie leicht sie einem Sechzehnjährigen das Herz brechen konnte. Aber dann fiel ihm etwas Interessantes auf. Er stellte nämlich fest, dass er selten so ein trauriges Kind gesehen hatte. Es war nicht so, dass sie auf jedem Bild grimmig in die Kamera schaute, oh nein, hin und wieder lächelte sie auch, aber ihr Lächeln schien nie die Augen zu erreichen.

Horst ließ ein Verdacht nicht mehr los. Er schaute sich alle anderen auf den Fotos auch genau an, dann googelte er ihre Organisation und las alles, was er über die Familie Valentin und ihr Engagement finden konnte. Er entdeckte zahllose Berichte in Zeitungen und Magazinen und sogar einen ziemlich aktuellen Fernsehbeitrag. Offensichtlich wurden sie nicht nur in der Tierschutzszene regelrecht verehrt. Aus den Berichten ging hervor, dass sie sich in verschiedenen Ländern sogar den Respekt namhafter Politiker verdient hatten. Das sprach wenigstens dafür, dass sie keine kopflosen Extremisten waren. Etwas fanatisch, vielleicht, aber nicht verrückt. Alle Projekte, die sie angestoßen hatten, existierten scheinbar noch. Die Fotos in den endlos vielen Artikeln zeigten erschöpfte aber strahlende Gesichter von Tierheimleiterinnen und -leitern aus allen möglichen Ländern, die überdimensionale und dekorative Spendenschecks aus den Händen von Politikern oder Geschäftsleuten entgegennahmen, die neben frisch operierten Tieren knieten oder neue Gebäude auf ihren großen Geländen einweihten. Manchmal stand Laras Vater daneben, manchmal ihre Mutter. Auf alten Fotos entdeckte er hier und da ein kleines Mädchen, das von Welpen umringt war. Die aktuellen Berichte interessierten Horst am meisten. Die Valentins sahen darauf erschöpft aus, aber ihr Lächeln empfand er als aufrecht. Sie glaubten offensichtlich sehr an das, was sie taten, da war Horst sicher.

Er prägte sich die Gesichter von Laras Eltern gut ein. Dann bat er Rita, seiner Spur durchs Internet zu folgen und sich das auch einmal anzuschauen. Ja, das seien Herr und Frau Valentin, und ja, das sei Lara. Aber, hatte Rita betroffen gemeint, als sie ein angeblich ach so glückliches, aktuelles Familienfoto in einem Online-Magazin betrachtete, was war denn bloß mit Lara los? Sie hatte nie so traurig ausgeschaut, hatte nie die Schultern so hängen lassen, und auf mehr als einem Bild hatte sie auf Rita den Eindruck gemacht, als habe man sie in die Pose gezwungen, in der man sie aufgenommen hatte. Das konnte doch nicht nur an der Pubertät liegen, oder?

Ritas Fragen bestätigten Horst in seinem anfänglichen Verdacht. Dieses Mädchen war unglücklich. Sie wirkte so, als würde sie jeden Moment vor Verzweiflung am liebsten in Tränen ausbrechen. Vermutlich hatte der Fotograf Mühe gehabt, aus einer Serie von Bildern das mit der am wenigsten traurigen Lara auszuwählen.

Wenn das aber so war, wer schrieb dann die vor guter Laune krachenden Einträge auf ihren Netzwerk-Seiten? Bei genauerem Hinsehen kam Horst bald schon der Verdacht, dass dies die Mutter des Mädchens sein könnte. Die Kommentare wirkten alle ein wenig zu altklug für eine Sechzehnjährige, in manchen Dialogen biederte sie sich dem Gesprächspartner auf eine Art und Weise an, die Horst als unangenehm empfand, und gegen kritische Postings ging die angebliche *Lara Safran* mit einer Schärfe vor, die er dem Kind auf den Fotos nicht zutraute. Was also war da los?

Horst fackelte nicht lange. Er nahm unerkannt den Kontakt zu Laras Mutter auf, die sich, eitel wie sie vermutlich war, mit ihrem eigenen hübschen Gesicht aber unter falschem Namen angemeldet hatte. Ohne darüber nachzudenken, dass ihr vielleicht jemand auf die Schliche kommen könnte, wie er etwa, trat sie als die größte Unterstützerin des Vereins auf und verkaufte sich im Internet als treuester Fan der Valentins. Und das tat sie sehr geschickt. Sie *spendete* stets großzügig, nahm angeblich einen Hund nach dem anderen in Pflege und riss damit jede Menge anderer User in ihrer Euphorie mit.

In den alten Berichten, als es die sozialen Netzwerke des

Internets noch nicht in dem Umfang gegeben hatte, schienen Herr Valentin und seine Frau viel gereist zu sein. Jetzt arbeiteten sie scheinbar vorwiegend von diesem Land aus, dessen Namen sich Horst sicherheitshalber notiert hatte, und von dem er nicht einmal genau wusste, wo es lag. Mobil waren sie nur noch virtuell, was ja in Ordnung war. Aber war ihre Methode nicht verwerflich? Horst wusste es einfach nicht. Er hatte nicht den Eindruck, als wolle Laras Mutter jemandem schaden. Wenn sie bei Spendenaufrufen der Valentins als Erste *spendete* und damit die Lawine nachahmender Großzügigkeit lostrat, dann war das zwar nicht ehrlich, aber es schadete auch niemandem, oder? Am Ende kam sicher alles den Hunden zugute, für die sie sich einsetzten, daran hatte Horst bald keinen Zweifel mehr.

Aber es war doch seltsam, zu welchen Methoden die Frau und ihr Mann griffen, um ihre Tiere zu retten, fand er. Und was würde geschehen, wenn das alles aufflog? Dann würde es einen Aufschrei im Web geben und diese engagierte kleine Familie würde sich nie wieder von dem Ruch des Betruges freimachen können. Hatte sie denn nie einen Gedanken an diese Möglichkeit verschwendet? Wenn sie wenigstens ein anderes Bild gewählt hätte! Aber so? Wie blöd war die Frau eigentlich? Letzten Endes spielte sie ja auch mit dem guten Ruf ihrer noch minderjährigen Tochter, und da hörte der Spaß auf, fand Horst.

Die Masche war immer dieselbe: Unter dem Namen des Vereins wurden sachlich und seriös Hunde vorgestellt, die in Not waren und ein zu Hause suchten. Dann ergänzte die zauberhafte *Lara Safran* die Geschichte des Tieres um herzerweichende Details und flehte um Hilfe. Und zum Schluss schaltete sich diese *Valerie* ein, die mit virtuellem Geld und

Versprechungen nur so um sich warf. *Valerie* hatte fast 4000 *Fans*, und wenn sie etwas unterstützte oder teilte, dann erreichte sie enorm viele Menschen. Und wenn *Valerie* einmal von Bedauern geschüttelt nicht helfen konnte, dann sprangen aus ihrem Netzwerk zuverlässig andere in die tragische Bresche, die der armen *Lara Safran*, von der *Valerie* so viel hielt, unter die Arme griffen und einen Hund nach dem anderen retteten.

Horst zerbrach sich lange den Kopf darüber, ob das nun in Ordnung sei oder nicht, aber er kam zu keinem befriedigenden Ergebnis. Für die Hunde war der Einsatz von Laras Mutter sicher großartig, und so sehr er auch suchte, er fand außer dieser eigenartigen Scharade kein Haar in der Suppe, was den Tierschutz betraf.

Laras Vater tauchte im Internet gar nicht auf. Er schien sich fast ausschließlich um das Heim und die Politiker vor Ort zu kümmern, was Horst sogar Respekt abnötigte. Viel verstand er von dem Thema ja nicht, das musste er zugeben, aber es erschien ihm logisch, dass guter Tierschutz vor allem versuchte, die Situation vor Ort zu verbessern. So, wie er das sah, arbeiteten Laras Eltern an zwei verschiedenen Fronten. Ihre Mutter war so etwas wie Spezialistin für Erste Hilfe und versuchte, so viele Hunde wie möglich an neue Besitzer zu vermitteln. Und ihr Vater schien sich neben der normalen Arbeit im Heim durch alle möglichen Veranstaltungen langsam aber sicher in die Köpfe und Herzen der Politiker und Geschäftsleute zu schleichen. Horst wusste nichts über das Land, in dem die Valentins lebten und arbeiteten, aber er konnte sich vorstellen, dass man Hunden dort vollkommen anders begegnete als bei ihnen in Deutschland. Was war ein Hundeleben wert in einem Land, in dem die

Menschen nicht einmal das Nötigste zu haben schienen? Sicher nicht viel. Aber rechtfertigte das die Art, wie sie ihre minderjährige Tochter einspannten und verheizten? Sicher nicht. Horst schüttelte zum hundertsten Mal den Kopf und war wieder genau so schlau wie vorher. Meine Güte, was für ein kompliziertes Thema!

Er beschloss, dass er es wirklich erst einmal ruhen lassen musste. Es gab direkt vor seinen Augen ein Problem, das er lösen konnte, und darum musste er sich jetzt erst einmal kümmern. Roger brauchte seine Hilfe. Und Rita. Der Rest musste einfach warten. Und so gingen der Sommer und auch der Herbst ins Land, während Horst jede freie Minute mit seinem Sohn im Internet verbrachte, ohne dass dieser auch nur ahnte, mit wem er es zu tun hatte.

Als es Roger wieder gut ging und er sich gefangen hatte, kehrten Horsts Gedanken zurück zu Lara. Sein Sohn liebte die Göre offensichtlich noch immer, und er litt daran, dass kaum noch Briefe von ihr kamen. Etwas stimmte da einfach nicht, und Horst wurde das Gefühl nicht los, dass er aus der Ferne nie eine vernünftige Antwort bekommen würde. Also musste er dort hin. Er hatte noch Urlaub, und auch wenn Hochsaison war, sein Chef konnte ihm die zwei Wochen nicht verweigern. Immerhin war es der erste Urlaub überhaupt, den er freiwillig antreten wollte. Sein Pass war noch gültig, und so meldete sich Horst bei seiner Frau ab und sagte, sein Chef schicke ihn auf eine längere Weiterbildung. Ja, ausgerechnet im November, komisch, oder? Sie solle in der Zwischenzeit schön die Stellung halten, er würde sich melden, sobald er zurück sei. Dann hatte er gepackt, sich in seinen klapprigen, alten Wagen gesetzt und war zwei Tage lang Richtung Osten getuckelt.

Horst schaltete das Licht im Bad aus und ging in sein kleines Schlafzimmer. Mehr als ein Bett und ein Schrank standen hier nicht. Was hätte er auch mit mehr anfangen sollen? Er lebte nun seit Jahren im Exil, aber er hatte die Hoffnung nie aufgegeben, dass Rita ihm eines Tages vielleicht doch verzeihen würde. Dass es ausgerechnet die Sorge um den ältesten Sohn sein würde, die sie einander näher brachte, hätte er sich nicht träumen lassen.

Zufrieden deckte sich Horst zu und griff nach einem Buch. Mit Rita über dieses Netzwerk zu kommunizieren, machte richtig Spaß. Ihr Junge hatte nicht lange gebraucht, Vertrauen zu fassen und ihnen sein Herz auszuschütten. Mein Gott, wie einsam musste jemand sein, wenn er sich vollkommen Fremden öffnete, deren Namen, geschweige denn Gesichter, er nicht einmal kannte? Wenn er genau darüber nachdachte, dann konnte ihm bei dem Gedanken daran, wie viel Schindluder mit einer solchen Gutgläubigkeit getrieben werden konnte, der Schweiß ausbrechen, aber Horst hatte diese Sorgen schließlich verdrängt und sich darauf konzentriert, seinem Jungen zu helfen.

Er erinnerte sich noch genau, als Roger das erste Mal ein wenig aus sich herausgekommen war und davon berichtet hatte, dass sein Arzt bei ihm ein beginnendes Magengeschwür festgestellt hatte. *Ri Ta* hatte auf diese Information geradezu hysterisch reagiert, und es war *Mes Ser* nur mit Mühe und Not gelungen, sie zu beruhigen. Mit einem lockeren Spruch hatte er *Ga Bel* ein paar heilsame Kräutertees empfohlen, und der war auf das Thema angesprungen. Sie hatten sich in den Wochen darauf dann buchstäblich von Kraut zu Kraut gehangelt und sich dem Problem genähert, das den Jungen von innen heraus zerfraß. Am Ende war

Horst klar, dass die Liebe seines Kindes zu dieser eigenartigen Lara und die Befürchtung, sie mache sich im Grunde nur über ihn lustig mit ihren naiv-romantischen Briefchen, ihn zerriss. Roger wusste einfach nicht mehr, ob er ihr vertrauen konnte und hatte darüber auch das Vertrauen in sich selbst und in sein Talent verloren. Nur mit Mühe und über endlos viele ausgetauschte Rezepte war es Horst gelungen, Rogers Selbstbewusstsein neu aufzubauen, bis es wieder intakt war und auch seine Sinneswahrnehmungen zurückkehrten.

Horst erinnerte sich, dass er an dem Tag, als *Ga Bel* jubelnd berichtete, er könne wieder richtig schmecken und riechen, den verblüfften Kollegen in der Schweizer Hotelküche je ein Glas Sekt in die Hand gedrückt und mit ihnen angestoßen hatte. Rita berichtete, dass sie und Sorglos auch gefeiert hätten. Horst hielt es für ein gutes Zeichen, dass ihm der Name Sorglos stets einen kleinen Stich versetzte. Ein wenig Eifersucht hatte noch niemandem geschadet, und er konnte ja wohl kaum erwarten, dass seine Frau Jahr für Jahr als trauriges Mauerblümchen zuhause hocken würde, oder? Nein, nein, das war schon in Ordnung so. Immerhin hatte er längst begriffen, dass Sorglos mit ihnen beiden in einem Boot saß, was Roger betraf.

Als Rita miterlebte, wie sich ein angeregter Dialog zwischen *Mes Ser* und *Ga Bel* entwickelte, aus dem sie endlich etwas erfahren konnte über die Not des Jungen, der in dem Zimmer neben Tanja schlief, da hatte sie sich klugerweise sehr zurückgehalten. Wenn Horst jedoch sah, dass sie seine Kommentare durchweg mit einem dezenten *Gefällt mir* bedachte, dann hatte er das Gefühl, als lächele sie ihm anerkennend zu.

Es konnte sein, dass er sich täuschte, aber jetzt, wo sich gezeigt hatte, was sie für ein gutes Team waren, da glaubte Horst, dass er vielleicht nicht mehr allzu lange auf dieser Alm am Ende der Welt ausharren musste. Wenn alles so lief, wie er hoffte, dann würde er Rita irgendwann wiedersehen. Sie und die Kinder.

Horst legte sein Buch weg. Das hatte keinen Sinn, er würde sich ohnehin nicht konzentrieren können. Nein, er merkte, dass er in Gedanken wieder bei dem Mädchen war, das ihn vor zwei Wochen begrüßt hatte, als er an der Tür des Valentin'schen Tierheims geschellt und sich als Mitarbeiter des brandneuen, völlig unbekannten aber sehr erfolgversprechenden Hundemagazins *Fiffikuss* vorgestellt hatte.

Bei seiner Ankunft versuchte die junge Autorin vergeblich, die aufgeregten Hunde ein wenig in Schach zu halten, die um ihn herum wuselten und ihn begrüßen wollten. Allesamt wunderbare Tiere, gar nicht scheu, und mit Augen, die Horst direkt ins Herz zu blicken schienen.

Es dauerte nicht lange, da erschienen ihr Vater und kurz darauf auch ihre Mutter an der Tür. Skeptisch, aber nicht unfreundlich, wurde er noch auf der Fußmatte einem gründlichen Verhör unterzogen. Man kenne *Fiffikuss* nicht, habe noch nie davon gehört, er müsse verstehen, dass sie es nicht nur mit netten Leuten zu tun hätten. Im Gegenteil, es gäbe viele Menschen, vor allem in diesem Teil der Welt, die ihre Arbeit sehr kritisch sähen. Die Tierschutzszene an sich sei der reinste Kriegsschauplatz, es gäbe dort verwerflicherweise für clevere Geschäftsleute und mafiöse Banden viel Geld mit Hundehandel zu verdienen. Sie seien manchen dieser Banden ein Dorn im Auge. Man habe sie sogar schon bedroht, vor allem ihre Tochter, leider.

Horst dachte darüber nach, wie angenehm überrascht er gewesen war. Laras Eltern wirkten einfach nur besorgt und sympathisch und machten auf ihn den Eindruck erschöpfter, schwer arbeitender Menschen, die alles gaben, um das Leid der Hunde in diesem Teil der Welt zu lindern. Nur hatten sie das Wohl ihrer Tochter dabei offensichtlich aus den Augen verloren. Horst hatte daher nur wenig Skrupel, ihnen den Bären ihres Lebens aufzubinden, um seinem Sohn und Lara zu helfen.

Am Ende seines Urlaubs, der wie im Flug vergangen war, hatte Horst Roland mehrere Dinge erreicht. Erstens: Er war, ohne dass er es verhindern konnte, zu einem überzeugten Tierschützer geworden. Er vertrat sein fiktives Magazin so glaubhaft, dass er beinahe Lust bekam, *Fiffikuss* selbst zu gründen und Lara zur Chefredakteurin zu machen, nur um sie von ihren eigenartigen Eltern wegzubekommen. Zweitens: Das Mädchen hatte bei ihren vielen Gesprächen so gut wie gar nicht gestottert, sondern nur noch dann, wenn ihr Vater in der Nähe war. Horst hatte am Ende seines Aufenthaltes seine Redakteur-Karte ausgespielt und ihm dazu sehr ernst und mit größter Schärfe gedroht. Er würde die deutschen Leser gerne aus erster Hand informieren, wie wenig sensibel der Tierschützer Herr Valentin mit seiner eigenen Tochter umginge. Das hatte gesessen! Drittens: Er hatte Laras Vertrauen gewonnen. Das war für ihn der größte Triumph gewesen, und er war sich der Verantwortung, die er damit für das junge Mädchen übernommen hatte, sehr bewusst.

Wie bereits vermutet, hatte Lara nichts, aber auch gar nichts mit *Lara Safran* zu tun. Lara kümmerte sich fürsorglich um die Hunde, vor allem um einen von Pomeranzes

Welpen, den sie behalten durfte. Ihr Vater hatte offensichtlich gespürt, dass seine Tochter zusammenbrechen würde vor Kummer, wenn er ihr die geliebte kleine Safran fortnehmen würde.

Horst, der bisher wenig bis nichts mit Hunden zu tun gehabt hatte, ließ sich von Laras Einfühlungsvermögen und der Hingabe, mit der sie sich um die zahllosen Vierbeiner und Safran im Besonderen kümmerte, verzaubern und verbrachte die Zeit damit, ihr auf Schritt und Tritt zu folgen und wo es nur ging zu helfen. Dabei kamen sie ins Gespräch. Am Ende hatte sie ihm sogar von Roger erzählt, ihrer großen Liebe, von der sie aber seit Wochen nichts gehört hatte, was sie krankmachte vor Kummer.

Horst wälzte sich im Bett. Würde er je wieder ohne schlechtes Gewissen an diese Gespräche zurückdenken können? Meine Güte, wie betroffen war er gewesen, als Lara ihm von Roger, von seiner Not nach dem Auszug des Vaters und von seiner Hilflosigkeit in der Schule berichtet hatte, als die Mutter plötzlich vor lauter Arbeit kaum noch Zeit gehabt hatte, mit ihm zu lernen. Was war er nur für ein Idiot gewesen, Rita und die Kinder im Stich zu lassen! Wenn er es gekonnt hätte, er hätte alles dafür gegeben, die Uhr zurückzudrehen und ungeschehen zu machen, was er an Leid über seine Familie gebracht hatte.

Da das aber nun einmal nicht ging, kam er bald auf eine Idee, wie er wenigstens Lara helfen konnte. Sie hatte ihm einige Kapitel ihres Romans gegeben, die er verschlang. Junge, Junge! Die Kleine konnte schreiben! Und wenn er es richtig sah, dann hatte sie das Paradies für sich und Roger neu geschaffen, auf nahezu dreihundert Seiten. Bezaubernd!

Es dauerte nicht lange, bis ihm einfiel, was er für Lara

tun konnte, und er schickte einem Gast des Schweizer Alm-Hotels, mit dem er sich schon vor Jahren angefreundet hatte, eine SMS. Der Mann arbeitete bei einem bedeutenden Jugendbuchverlag in Deutschland und verbrachte alle Ferien mit Frau und Kindern bei ihnen oben auf dem Gipfel. Und er war immer auf der Suche nach neuen Talenten.

Die Antwort ließ nicht lange auf sich warten, und Horst hatte Laras Manuskript im Gepäck, als er seinen stotternden und verzweifelt gegen die Steigungen ankämpfenden Wagen schließlich zurück in die Schweizer Berge lenkte.

Horst gähnte herzhaft. Morgen würde er das Paket in die Hotelpost geben. Was dann weiter geschah, darauf hatte er keinen Einfluss mehr. Er wusste nur, dass er aus dem Buch etwas ganz Wesentliches gelernt hatte. Lara liebte Roger. Jetzt musste er seinen Sohn behutsam dazu bringen, die sorgsam verdeckten Gefühle für Lara wieder zuzulassen, die fürchterlich darunter litt, dass er seit dem Sommer nicht mehr auf ihre Briefe reagiert hatte.

Verflucht, warum hatte er dem Jungen eingeredet, es sei besser, Lara zu vergessen? Jetzt hatte er den Salat. Jetzt musste er ihn dazu bringen, den Kontakt mit ihr wieder aufzunehmen. An Ritas Reaktion darauf mochte er gar nicht denken! Sie würde das zunächst überhaupt nicht verstehen und ihn für verrückt erklären, wenn er begann, Roger zum Briefeschreiben aufzufordern. War sie wohl schon so weit, dass er von ihr verlangen durfte, ihm einfach nur zu vertrauen?

Musste ihm das auch ausgerechnet jetzt einfallen, wo er fast eingeschlafen wäre? Er stand auf, seufzte und schlüpfte in seine Hausschuhe. Dann schlurfte er gähnend in die kleine Küche, erwärmte sich in einem kleinen Topf eine Tasse

Milch und gab einen Löffel Honig dazu. Nicht besonders einfallsreich für einen Koch, dachte Horst, aber seit seiner Kindheit ein zuverlässiges Mittel gegen Schlaflosigkeit. Mit der heißen Tasse in der Hand stellte er sich an das kleine Fenster, das mehr einer Luke glich, und sah hinaus. Ein atemberaubender Sternenhimmel beleuchtete die Gipfel der umliegenden Schweizer Alpen, die sich streckten soweit das Auge sehen konnte. Kein Wunder, dass die Gäste ein Vermögen ausgaben, um hierher zu kommen. Bei diesem Anblick mussten Sorgen und Probleme einfach zur Bedeutungslosigkeit schrumpfen, fand Horst. Ihm hatte der Blick aus diesem Fenster im Laufe der letzten Jahre mehr als einmal geholfen. Völlig ungerührt hielten die mächtigen Berge allen Stürmen stand, während sich die Menschen zu ihren Füßen mit den absurdesten Dingen herumquälten. Es stimmte, was Reinhard May in den Siebzigern gesungen hatte: Über den Wolken schien die Freiheit wirklich grenzenlos zu sein. Das Problem war nur, dass man irgendwann hinabsteigen musste unter die Wolkendecke, wo das normale Leben mit seinen Höhen und Tiefen auf einen wartete. Horst Roland hatte dies jahrelang nicht getan. Der Ausflug zu Lara in den armen Osten Europas war sein erster Abstieg zurück in die Welt der Verantwortung gewesen, aus der er feige nach dem Scheitern seiner Ehe geflüchtet war.

Horst trank die Milch aus, ging zurück zum Bett und krabbelte unter die warme Decke. Er wollte zurück. Zurück nach Hause. Dies musste unbedingt das letzte Weihnachten sein, das er ohne seine Frau und seine Kinder feierte, wirklich.

„Verdammt", seufzte er und schlug mit der Faust auf die Bettdecke. Er hatte das Gefühl, als hinge alles nun von ihm ab: Rogers Glück, Laras Glück und am Ende auch sein eigenes mit Rita und dem Rest seiner Familie.

Horst schloss die Augen und atmete tief ein und aus. Man sagte, die Berge gäben Kraft, und er glaubte daran. Jetzt konnte er nur hoffen, dass sie auch Mut gaben. Rita dazu zu bringen, sich neu in ihn zu verlieben, das spürte Horst Roland genau, würde mehr davon erfordern, als er je besessen hatte.

Kapitel 17

Ein Jahr später

Roger brummte der Schädel. Nicht, weil er etwa krank gewesen wäre, oh nein, er fühlte sich besser denn je und das nun schon so lange, dass man munkelte, es sei vielleicht doch etwas dran an diesem ganzen Kräuterkram, mit dem er sich befasste.

Nein, sein Schädel brummte, weil im Restaurant selbst für die Adventszeit ungewöhnlich viel zu tun war, Sorglos und Gruber ungewöhnlich viel von ihm verlangten und das ungewöhnliche Verhalten seiner Mutter ihn viel mehr beschäftigte, als ihm lieb war.

Man hatte ihm eine Menge Verantwortung übertragen für das Viergangmenü morgen Abend. Zweihundert Gäste wurden erwartet, und Sorglos hatte bei der Besprechung vor einer Woche gemeint, dort würde sich wirklich alles treffen, was Rang und Namen habe im Literaturbetrieb. Nicht, dass der Chef plötzlich etwas davon verstanden hätte, nein, das konnte sich Roger nicht vorstellen. Vermutlich hatte man ihm das so mitgeteilt und er hatte es einfach wiederholt. Was blieb ihm auch anderes übrig. Sorglos sprang schon aus dem Hemd, sobald sich mehr als drei Akademiker im selben Raum befanden wie er. Wie musste es erst ihn ihm aussehen, seit er wusste, dass der Saal morgen vor Prominenz aus seinen steinernen Nähten platzen würde?

Roger hatte schon bei der ersten Besprechung vor Wochen gefragt, um wen man denn so kurz vor Weihnachten solch ein Theater mache, aber Sorglos war da ungewöhnlich kurz angebunden gewesen und hatte nur gemeint, er solle sich lieber den Kopf über die einzelnen Gänge zerbrechen und nicht darüber, ob die Gäste, die nach dem Essen in den Zähnen stocherten, wie alle anderen Menschen auch, berühmt seien oder nicht. Gruber hatte kurz Luft geholt, um noch etwas zu fragen, aber Sorglos hatte seinen Küchenchef mit einem schnellen Blick ruhig gestellt.

War vielleicht auch egal. Für Roger war es nur wichtig zu wissen, dass der Autor, der bei ihnen sein Buch vorstellen wollte, ausdrücklich darum gebeten hatte, die Gänge inhaltlich ein wenig an das Thema des Romans anzupassen. In ihm wimmelte es nämlich angeblich von Szenen, in denen Pflanzen eine Rolle spielten, und zwar so sehr, als wären der Autor und Roger seelenverwandt, hieß es. Kein Problem. Ob er das Buch denn vielleicht vorher mal lesen dürfe? „Nein, das gibt's noch nicht", schmetterte Sorglos seine Bitte wortkarg ab. Stattdessen drückte er ihm einen Zettel in die Hand, auf dem die Überschriften der Kapitel standen, aus denen gelesen werden würde und die Namen der Pflanzen, die darin vorkamen. Das war alles und Sorglos gab ihm genau einen Tag, um daraus ein Menü zu kreieren und ihm vorzulegen.

Roger war etwas überrascht, wie häufig Safran dabei eine Rolle spielte, und einen Moment lang berührte ihn das unangenehm. Auch wenn es das Gewürztütchen unter seinem Kopfkissen längst nicht mehr gab, gerade Safran war etwas, das nur ihm und Lara gehörte. Dass jemand anderer sich ihres kindlichen Traumsymbols bediente, erschien ihm fast wie ein Frevel.

Na, dem würde er es zeigen, dachte er. Nicht ein einziges Gericht würde er damit würzen, auf keinen Fall. Da gab es andere Gewürze, die er lieber verwenden würde. Und dann auch noch essbare Blüten? Kein Wunder, dass jeder dachte, er und der Typ wären irgendwie verwandt. Wahrscheinlich war er Vegetarier. Und wenn nicht? Egal. Wer die Kräuterspirale rauf und runter in sein Buch aufnahm, der wollte das alles sicher nicht in Gulaschsoße ertränkt sehen.

Nein, Roger beschloss, vegetarisch zu kochen. Er reichte seine Menüvorschläge ein und bereitete die Bestellungen vor. Heute waren körbeweise Kräuter und Blumen gekommen, und der überdachte und beheizte Lichthof hinter der Küche sah aus wie der Kräutergarten, den sich Roger immer schon für das Hotel gewünscht hatte. Roger erinnerte sich gut, wie man ihn bespöttelt hatte, als er vor Jahren das erste Mal darauf bestanden hatte, Zeit mit den Zutaten verbringen zu dürfen. Es war Sorglos gewesen, der schließlich mit donnernder Stimme für Ruhe gesorgt hatte. „Wenn der Junge mit dem Gemüse sprechen will, dann lasst ihn das tun! Wer ihn stört, fliegt raus! Verstanden?"

Roger musste grinsen. Jeder kannte den Pferdeflüsterer aus dem Kino. Hotel Sorglos hatte einen Kräuterflüsterer. Sorglos hatte ihm den Spitznamen eines Tages gegeben und ihm dabei anerkennend auf die Schulter geklopft. Na ja, das war lange her, dachte Roger.

Er hatte heute alles kontrolliert, sein Gesicht in die wohlduftenden, grünen Büschel gedrückt und tief eingeatmet. Meine Güte, wie er den Geruch lebendiger Pflanzen und kräftiger Erde liebte! Er hatte die Augen geschlossen und vor seinem inneren Auge waren die zarten Kräuter, Blüten und Blätter mit den übrigen Zutaten, die er zu ihrer Perfektion ausgesucht hatte, zu leichten und inspirierenden Kompositionen verschmolzen. Jedes Pflänzchen, das er liebevoll in die Hand nahm und prüfte, schien ihm zuzuflüstern, dass es sein Bestes geben würde, und Roger spürte wie immer, dass er sie verstand und sie ihn. Er musste lächeln. Sollten ihn seine Kollegen ruhig für verrückt erklären. Ihm war das egal. Er wusste, was er tat. Und er wusste, dass es außer ihm in diesem Hotel niemand anderer konnte.

Schließlich steckte Roger seine Menüvorschläge in die Tasche, schloss den Lichthof sorgfältig ab und ging nach Hause. Dort wollte er sich müde direkt in sein Zimmer zurückziehen, aber Mama war ungewöhnlich anhänglich gewesen. Sie hatte ihm ein Glas Glühwein gebracht. Er mochte gar keinen Glühwein und hatte sie verwundert angesehen.

„Gibt es etwas zu feiern?"

„Nein, Schatz. Ich dachte nur, das könnte dir schmecken nach so einem langen Tag." Sie selbst hielt ein Glas in der Hand, ein ebenso seltener Anblick, und stieß mit ihm an.

Junge, Junge, Mama war in den letzten zwei Wochen seltsam geworden. Sie hatte begonnen, die Wohnung zu schrubben, als käme die Königin von England zu Besuch. Dann hatte sie ihren Kleiderschrank ausgemistet, bis die Hälfte davon leer gewesen war. Sie hatte die Zwillinge zum Friseur gezerrt, hatte Tanja Geld gegeben für neue Klamotten und war dann mit ihrer besten Freundin sogar für zwei Tage auf einer Schönheitsfarm untergetaucht. Ausgerechnet Mama, die sonst das Geld für den Friseur sparte und sich die langen Haare einfach nur mit einem Gummi zusammenband.

Wenn er es nicht besser wüsste, würde Roger glauben, sie hätte sich verknallt. Oder hatte sie jetzt erst begriffen, dass er seine Lehre im Sommer ein Jahr früher als je ein Kochauszubildender ihrer Innung abgeschlossen hatte? Mit Auszeichnung? War der Glühwein kurz vor Mitternacht ihre Art sich zu entschuldigen, weil sie das damals nicht hatte feiern wollen? Damit er keine Flausen im Kopf bekam? So komisch, wie sie drauf war, wäre das möglich, dachte Roger.

„Geht's dir gut?", fragte er sie also und ließ sie nicht aus den Augen.

„Mir geht's super. Und dir?"

Er hätte schwören können, dass sie etwas vor ihm verbarg, aber Roger hatte gelernt, seine Mutter mit solchen Vermutungen in Ruhe zu lassen, seit sie vor einem Jahr begonnen hatte, beim Spülen zu singen. Und das war erst der Anfang gewesen. Sie hatte sich angewöhnt, ihm durch die Haare zu wuscheln, wenn sie in sein Zimmer kam und er sich gerade mit seinem Freund *Mes Ser* online unterhielt, und sie sorgte immer dafür, dass die Kleinen, die ja nun nicht mehr ganz so klein waren, ihn in Ruhe ließen, wenn er am Rechner saß. Andere Mütter meckerten, sobald das Wort Internet fiel, seine schien ihn fast zu seinem Schreibtisch zerren zu wollen, wenn sie ihn an seinem freien Tag mit einem Buch auf der Couch erwischte.

Eigentlich schade, dass er den Roman, um das es morgen ging, nicht vorher hatte lesen dürfen, dachte Roger. Er erinnerte sich nur noch dunkel daran, wie es gewesen war, als ihm das Lesen noch schwer gefallen war. Er konnte nicht mehr genau sagen, seit wann die Buchstaben nicht mehr tanzten, aber er wusste, dass er inzwischen Stammkunde bei Frau Höge in der Bücherei war und sich mit ihr fast um die Neuerscheinungen prügelte, wenn sie eintrafen. Wer hätte das je gedacht?

Roger faltete seine Menünotizen für morgen ein letztes Mal zusammen und legte sie zur Seite. Mama war längst ins

Bett gegangen und den Rechner würde er heute auslassen. *Mes Ser* würde ihm ganz sicher nicht schreiben.

Roger spürte, wie Vorfreude ihn durchflutete. Das war überhaupt das Beste an diesem ganzen verrückten Event morgen, dass sie es nämlich mit ihrer normalen Küchencrew nicht schaffen konnten und dass Sorglos schon vor Wochen begonnen hatte, Aushilfsköche und Servicepersonal für den Abend anzuheuern.

Als Roger das mitbekam, hatte er es natürlich sofort *Mes Ser* erzählt und ihn im Scherz gefragt, ob das nicht etwas für ihn sei. Als er daran dachte, wie verblüfft er gewesen war, als *Mes Ser* ihm nur ein kurzes „Gib mal die Telefonnummer deines Chefs" geschickt hatte, musste Roger grinsen. Er hatte ein paar Sekunden lang ungläubig den Bildschirm angestarrt, dann wacker die Nummer eingegeben und mit der anderen Hand bereits das Hotel angewählt.

„Jetzt mal langsam und noch mal von vorne." Ein müde klingender Sorglos hatte versucht, seinen Redeschwall zu unterbrechen. „Was soll ich für die Buchvorstellung besorgen? Ein Messer?"

„Der Mann heißt im Internet *Mes Ser*. Ich weiß nicht wie er richtig heißt", hatte Roger erklärt und war dabei vor Aufregung mit dem Telefon in der Hand in seinem Zimmer hin und her gelaufen. „Er ist ein großartiger Koch und ein Freund von mir und könnte uns in der Küche helfen. Geht das?"

Sorglos war verstummt. Dann hatte er nur „Ich denke darüber nach" gesagt und ohne ein *Tschüss* oder ein *Bis morgen* einfach aufgelegt. Vor zwei Wochen hatte *Mes Ser* ihm dann geschrieben, es ginge klar, er käme und würde mithelfen. Roger war vor Aufregung aufgesprungen und hatte in der Küche sogar ein Glas Wasser fallen lassen und seine Mutter damit geweckt.

„Meine Güte, Roger, was machst du denn hier für einen Krach mitten in der Nacht? Geh ins Bett oder wenigstens in dein Zimmer, du weckst mir die anderen auf. Hast du schon mal auf die Uhr geschaut?" Mama hatte schon geschlafen, und wenn man sie weckte, dann war sie nie gut drauf. Daran hatte sich auch nichts geändert, nachdem sie dazu übergangen war, penetrant gute Laune zu verbreiten.

„Ich freu mich nur so, Mama! Stell dir vor, Sorglos stellt *Mes Ser* für diese Großveranstaltung in vierzehn Tagen ein! Dann lerne ich ihn endlich persönlich kennen!" Roger hatte seiner Mutter schon vor langer Zeit gebeichtet, dass er im Internet einen guten Freund gefunden habe, mit dem man Bäume ausreißen könne. Seltsamerweise hatte sie sich für ihn gefreut und überhaupt keine neugierigen Fragen gestellt, etwa wie alt er sei, woher er käme oder was sein Vater für einen Beruf hätte, alles Dinge, die ansonsten zu ihrem Standardverhör gehörten, sobald eines ihrer Kinder jemanden kennenlernte. Sie starrte ihn nur an, dann drückte sie ihn fürchterlich fest, drehte sich abrupt um und verschwand mit den Worten „Ich freue mich für dich. Jetzt geh ins Bett."

War das einer der Gründe, warum hier alles auf Hochglanz poliert wurde? Dachte sie, er würde seinen neuen Freund nach der Veranstaltung mit nach Hause bringen? Roger wurde nervös. Mist! Daran hätte er ruhig früher denken können! Sollte er sie fragen, ob das ginge? Oder war es dazu jetzt zu spät? *Mes Ser* würde morgen um zehn in der Hotelküche erscheinen. Nein, sicher hatte er sich längst ein Zimmer besorgt. Vielleicht schlief er ja auch im Hotel. Oder er wohnte in der Nähe und fuhr nachts einfach heim.

Roger überlegte. Er sollte sich hinlegen, wirklich. Wenn er merkte, dass er nicht einschlafen konnte, dann würde er sich einfach Laras letzten Brief noch einmal hervorholen.

Mes Ser hatte damals Recht gehabt, als er ihm empfohlen hatte, ihr wieder zu schreiben. „*Ga Bel*, Kumpel, vertrau doch einfach deinem Instinkt! Mit der Liebe ist es wie mit dem Kochen. Wenn du dich nicht auf dein Gefühl verlassen kannst, dann hast du verloren."

„Beim Kochen kann aber auch schnell etwas ungenießbar werden", mischte sich *Ri Ta* plötzlich patzig in ihr Gespräch ein.

„Klar, *Ri Ta*-Schatz", antwortete *Mes Ser* locker. Es war ein kalter Sonntagnachmittag im Dezember gewesen, sie waren alle drei gleichzeitig online. „Aber dann war der Koch halt ein kompletter Idiot, dem das sicher schon seit einer Ewigkeit mehr leidtut, als du ahnst."

Komische Antwort, dachte Roger.

„Mag sein. Ich sag ja nur, dass man ganz schön auf die Nase fallen kann, wenn man in der Liebe zu gutgläubig ist."

„Gib den beiden eine Chance, *Ri Ta*-Maus. Was soll denn schon passieren? Sie schreiben sich doch nur!"

„Hey, Leute, ich kann ihr doch einfach hier im Netzwerk was schreiben, oder? Als persönliche Nachricht." Roger hatte sich zwar bislang davor gescheut, aber plötzlich erschien ihm die Möglichkeit, dass sie in Sekunden antworten könnte, überhaupt nicht mehr erschreckend. Immer noch besser, als den Brief zu verschicken, den Frau Höge ihm korrigiert hatte.

„BLOSS NICHT!" Roger meinte fast, *Ri Tas* Stimme überschnappen zu hören.

„Nee, Kumpel, da weißt du nie, wer das liest. Nach dem,

was du von ihr erzählt hast, würde ich nicht einmal glauben, dass sie die Sachen auf ihrer Seite selbst schreibt."

„Meinst du wirklich?" *Mes Sers* Einwand machte Roger nachdenklich. Wenn Lara sich online verstellte und nicht in ihren Briefen, dann war doch alles in Ordnung, oder?

Also hatte er sich ein Herz gefasst und ihr noch am selben Abend einen kurzen Brief geschrieben. Er wusste, dass er Rechtschreibfehler machte, aber er hatte weder Lust noch Zeit gehabt, jemanden gegenlesen zu lassen.

Das war jetzt auch schon mehr als ein Jahr her.

Lara hatte geantwortet, umgehend sogar, und ihr Brief war so lang und der Umschlag so dick gewesen, dass Sorglos Nachporto hatte bezahlen müssen, und das nicht zu knapp. Seitdem waren seine und ihre Briefe nur so zwischen Osteuropa und Deutschland hin und her geflogen.

Mes Ser hatte Recht: Die Lara, die er in den eng beschriebenen Seiten ihrer Briefe fand, war die, die er geglaubt hatte, verloren zu haben. Sollte sie doch seinetwegen vor dem Rest der Welt so tun, als sei sie jemand anderer, in ihren Briefen war sie seine Freundin und nur seine.

Er hielt *Mes Ser* und *Ri Ta* immer auf dem Laufenden, und sie freuten sich für ihn. Manchmal hatte Roger das Gefühl, Lara habe Geheimnisse, dann wurde er nervös. Spielte es eine Rolle, ob sie ihm jedes Detail ihres Lebens berichtete? Hatte er ein Recht darauf, alles zu erfahren, was sie erlebte, was sie bewegte oder was sie sich wünschte? Würde er ihr mit seiner Neugier vielleicht auf die Nerven gehen?

„Dring nicht zu tief in sie ein. Nimm das, was sie dir gibt und genieße es. Frauen brauchen ihre Geheimnisse", riet *Mes Ser*.

„Meine Mutter hat auch welche", schrieb Roger.

„DEINE MUTTER?!" Da, schon wieder dieses Gefühl, als würde *Ri Tas* Kommentar kreischen.

„Erzähl mal!" *Mes Ser* war immer schon ziemlich neugierig gewesen.

„Sie hat die Wohnung komplett auf den Kopf gestellt, singt den ganzen Tag und ist verknallt, wenn ihr mich fragt."

„QUATSCH!" Wie ärgerlich ein einzelnes Wort klingen konnte!

„Ehrlich? In wen denn?" Roger war überrascht, wie erschrocken *Mes Ser* klang.

„Keine Ahnung. Sie hat keinen Freund, jedenfalls niemanden, den ich kenne. Ich weiß nicht, warum sie plötzlich so glücklich wirkt."

„*Ga Bel*, vielleicht wäre es deiner Mutter unangenehm, wenn sie wüsste, dass wir uns hier über sie unterhalten." *Ri Ta* setzte sich schon immer in ihrer kleinen Runde für seine Mutter ein, das kannte Roger schon.

„Ach, *Ri Ta*-Schatz, wie soll sie das denn erfahren?" *Mes Ser* schien neugierig an den Bildschirm heranzurücken. „Erzähl weiter, *Ga Bel*!"

„Mir ist das zu blöd, ich geh putzen ... " Und – zack! – war *Ri Ta* offline.

„Also, Junge! Raus damit! Wer verdreht deiner Mutter den Kopf?" *Mes Ser* hatte ihn noch nie *Junge* genannt.

„Du redest wie mein Vater."

„Na und? War wahrscheinlich ein toller Kerl, oder?"

Darüber hatte Roger so lange nachdenken müssen, dass *Mes Ser* ihn gefragt hatte, ob er noch da wäre.

„Ja, bin noch da. Mein Vater war großartig." Er zögerte mit dem Drücken der Entertaste und dem Losschicken dieses schlichten Liebesbekenntnisses an den Mann, der ihn verlassen hatte und von dem er nur einen Brief besaß, den er nach wie vor nicht entziffern konnte, egal wie oft er ihn aus der Schublade kramte. „Aber er war ein Idiot", ergänzte er und schickte die Antwort auf die Reise.

„Da magst du Recht haben, *Ga Bel*." *Mes Sers* Worte klangen wie ein Seufzen.

Wie auch immer, Roger genoss Laras Briefe, die nun immer schneller kamen. Sie hatte sich mit ihm über die tolle Zwischenprüfung gefreut, die damals ja schon fast Schnee von gestern gewesen war, und sie war es auch, die ihn auf die Idee brachte, zu versuchen, die Abschlussprüfung vorzuziehen.

„Je eher du fertig bist, desto eher kannst du Geld verdienen und selbst über dein Leben bestimmen", hatte sie geschrieben. Hieß das nicht, dass sie hoffte, er würde dann in der Lage sein, für sie zu sorgen? Roger zweifelte keinen Augenblick daran, dass dieser Satz ihre geheimsten Wünsche ausdrückte, die ja auch seine waren, und so hatte er sich mehr Mühe gegeben und mehr gelernt, als je zuvor in seinem Leben. Laras Briefe hatten ihn durch das vergangene Jahr begleitete, wie ein Lied voller Sehnsucht, dessen Melodie ihn glücklicher gemacht hatte, als je zuvor in seinem Leben.

Zu ihrem gemeinsamen siebzehnten Geburtstag Ende Mai hatten sie sich besonders lange Briefe geschrieben, und als er im August die Prüfung geschafft hatte, da hatte er ihr eine Kopie seiner Urkunde geschickt.

Laras Laune war von Brief zu Brief besser geworden, und als sie ihm zur Prüfung gratuliert hatte, da hatte er so viel Freude zwischen den Zeilen herausgelesen, dass sie auf ihn übergesprungen war. Konnte das wirklich nur daran liegen, dass sie stolz auf ihn war? Gab es nicht vielleicht auch etwas Tolles in ihrem Leben, das sie ihm allerdings aus irgendwelchen Gründen verschwieg?

„Vielleicht hat sie im Lotto gewonnen", riet *Mes Ser*. „Oder es hat etwas mit ihrer Schreiberei zu tun?" *Mes Ser* lag selten daneben mit seinen Vermutungen.

„Aber warum schreibt sie nie etwas darüber?", fragte Roger irritiert. „Ich würde mich doch für sie freuen!"

„Hör mal, Kumpel! Du hast selbst gesagt, sie hätte dir früher geholfen. Glaubst du wirklich, sie will dich in Verlegenheit bringen, indem sie dir erzählt, dass sie mit Schreiben mehr Geld verdient als du mit Kochen?"

„Meinst du, sie verdient mehr?"

„Wann hast du denn das letzte Mal auf deine Abrechnung geschaut, Mann? Wir sind nicht gerade die bestbezahlte Berufsgruppe Deutschlands!"

Ri Ta klickte „Gefällt mir".

„Stimmt." *Mes Ser* hatte Recht.

So war es immer wieder hin und her gegangen, monatelang. Gemeinsam mit seinen Freunden hatte er Laras Briefe analysiert, dann erst antwortete er darauf und wartete wieder ungeduldig auf den Nächsten.

Mit ihrem letzten Brief, der pünktlich zum ersten Advent im Hotel angekommen war, würde er sich jetzt in den Schlaf lesen. Denn es war der Erste, in dem sie ihm schwarz auf weiß schrieb, dass sie ihn mehr liebte als alles andere auf der Welt. Ihren Hund Safran vielleicht ausgenommen.

Roger kuschelte sich in seine Decke.

Damit konnte er leben.

Kapitel 18

Das war's, dachte Rita. Die teure Schönheitsfarm war völlig umsonst gewesen, sie würde Ränder unter den Augen haben, die sich gewaschen hatten. An Schlaf war nämlich nicht zu denken.

Morgen würde sie nach mehr als fünf Jahren Horst wiedersehen, den Mann, mit dem sie vier Kinder und ein halbes glückliches Leben verband und die ewige Erinnerung an seine Untreue.

Es hieß, Männer seien nicht ganz bei Verstand zwischen vierzig und fünfzig. Sie würden eines Morgens aufwachen und meinen, sie hätten mehr verpasst als besessen, und dann flippten sie aus. Die einen ließen sich wie Teenager piercen, die anderen sprangen mit Fallschirmen aus Flugzeugen, und manche tauschten die langweilig gewordene Mutter ihrer Kinder gegen ein junges Fräulein aus der Restaurantküche des *Rolando*.

Ihre Mutter hatte immer gemeint, Horst würde sich nur die Hörner abstoßen und irgendwann nach Hause wollen, sie solle nur Geduld haben. Rita hatte die alte Dame fassungslos angestarrt. „Du glaubst doch nicht im Ernst, dass ich ihn zurücknehme?"

„Kindchen, die Entscheidung kann dir niemand abnehmen. Ich würde das an deiner Stelle nur nicht voreilig ausschließen. Jeder hat im Leben das Recht, einen Fehler zu machen. Und Verzeihen ist eine Form von Großmut. Habe ich dir denn gar nichts beigebracht?" Dann nippte sie vornehm an ihrem Tee und fügte leise, ohne ihre Tochter anzusehen, hinzu: „Ganz unschuldig warst du an der Trennung schließlich nicht, wenn ich das mal bemerken darf."

„Wie bitte?!"

„Na, hör mal, Rita! Ich war mehr als einmal dabei, wenn du ihn vor den Kindern heruntergeputzt hast. Was konnte denn der arme Mann für seine Arbeitszeiten? Das wusstest du doch vorher! Du kannst dir nicht einen Koch nehmen und ihn dann ausbaden lassen, dass er nicht die Arbeitszeiten eines Beamten hat. Nein, nein, das war nicht fair."

Dieses Gespräch hatte Rita mehr als hundert Mal in den letzten Jahren im Ohr gehabt, ob sie wollte oder nicht, und im Laufe der Zeit war ihr klar geworden, dass ihre Mutter nicht ganz unrecht gehabt hatte.

Rita seufzte und wälzte sich auf die andere Seite. Wie spät war es eigentlich? Halb drei? Vielleicht sollte sie einfach aufstehen und sich ein wenig in die Küche setzen? Sie zog sich ihren Morgenmantel über und wühlte in den Tiefen ihrer Nachttischschublade. Eine Zigarette würde sie nicht umbringen. Die Kinder schliefen tief und fest, niemand würde es bemerken.

In der Küche stand sie unschlüssig im Dunkeln. Hatte sie Hunger? Hatte sie Durst? Oder hatte sie einfach nur fürchterliche Angst davor, was geschehen würde, wenn Roger in ein paar Stunden in der Restaurantküche des Hotels auftauchte und seinem Vater gegenüberstand? Wie würde er mit dem Schock umgehen?

Rita war sicher, dass sich Roger unter normalen Umständen eigentlich freuen würde, Horst wiederzusehen. Aber wie würde er es verkraften zu erfahren, dass der gleichzeitig *Mes Ser* war, sein womöglich bester Freund, mit dem er sich, seitdem er sechzehn geworden war, täglich ausgetauscht hatte und dem er mehr als irgendjemand anderem vertraute? Würde das Vertrauen zusammenbrechen, wenn er begriff, dass er angelogen worden war? Und nicht nur von *Mes Ser*, sondern auch von seiner Mutter? Denn so viel stand für Rita fest: Mit *Mes Sers* Tarnung würde auch ihre eigene auffliegen. Würde der Schock über ihre Unehrlichkeit ihn zurückwerfen in sein Schweigen? Oder würde er völlig bedeutungslos sein angesichts der Tatsache, dass es eine noch größere Lüge gab, in die noch mehr Leute verwickelt waren als nur seine Eltern? Würde die Erkenntnis, dass er nicht für einen wildfremden Autor kochte, sondern für Lara Valentin, ihn versöhnen oder dafür sorgen, dass der Abend in einer Katastrophe endete?

Rita setzte sich hin, steckte die Zigarette an und drückte sie sofort wieder aus. Sie blickte aus dem Fenster. War Roger erwachsen genug, um ihnen zuzuhören, wenn sie versuchten ihm zu erklären, warum alle, die ihm nahe standen, gelogen hatten? Würde er genug innere Stärke haben, um zu verstehen, dass sie nur aus Liebe zu ihm und aus Respekt vor seiner Liebe zu Lara so gehandelt hatten?

Gott sei Dank waren die Kleinen nicht eingeweiht. Das hieß, Rita hatte in den letzten Wochen, wenn sie aus der Schule kamen und Roger schon arbeiten war, immer wieder alte Fotoalben hervorgeholt und sie mit ihnen angeschaut, damit die Zwillinge eine Chance hatten, sich an das längst vergessene Gesicht ihres Vaters zu erinnern. Tanja hatte sie immer und immer wieder Anekdoten aus ihrer Kindheit erzählt, in der Papa eine ganz andere Rolle gespielt hatte als bei Roger, aber eine mindestens ebenso wichtige. Sie war immerhin seine Prinzessin gewesen.

Rita musste bei aller Sorge lächeln. Nein, Tanja hatte das alles erstaunlich gut verarbeitet. Roger hatte die Rolle des

Königssohns hervorragend gespielt und hatte der verlassenen Prinzessin zwei wichtige Aufgaben gegeben, nämlich ihm nicht auf die Nerven zu gehen und mit den Zwillingen zu helfen. Und so war sie nicht wie ihr großer Bruder in Schweigen verfallen, sondern hatte sich einfach durch die schwierige erste Zeit geplappert und ihr kleines Teenagerleben aufgebaut.

Ha! Rita schüttelte den Kopf. Als *Schlammkatze*! Wem machte sie hier eigentlich etwas vor? Jedes der Kinder hatte daran gelitten, auf seine eigene Art, die Zwillinge allerdings am wenigsten. Solange sie lebten, hatte der Haussegen schon in bedenklicher Schieflage gehangen. Nachdem Horst ausgezogen war, hatten sie sich vermutlich vor allem über die ungewöhnliche Ruhe gewundert. Keine meckernde Mama mehr, kein schimpfender Papa, ein schweigender Roger und eine Schwester, von der man nichts sah und nichts hörte, wenn man sie nicht nervte.

Naja, Rita hatte sie alle gestern zusammengetrommelt – alle außer Roger – und ihnen erzählt, ihr Vater käme zu Besuch und würde vielleicht sogar bis Weihnachten bleiben. Das sei zwar noch fast vier Wochen hin, aber schön, oder? Und es solle für Roger eine Überraschung sein, sie sollten ihm also bitte nichts verraten. Drei Kinderaugenpaare hatten nur eine Frage gehabt, das hatte Rita ihnen angesehen: Was bringt er uns mit?

Damit sich niemand mit seiner Aufregung verriet, hatte Rita ihnen erzählt, er käme morgen. Im Grunde stimmte das ja auch. Die Veranstaltung würde bis spät abends gehen, da würden sie alle schon schlafen. Ihr Vater wäre dann die Zugabe zum Frühstücksei. Oh Gott, wenn das Wochenende doch nur schon vorüber wäre!

Rita hatte sich von Sorglos eine Karte für die Veranstaltung geben lassen. „Sie sind dabei, Frau Roland. Meinen Sie etwa, ich bade das alleine aus? Sind Sie verrückt? Nee, nee, kommen Sie mal schön und sorgen dafür, dass sich die beiden nicht in meiner Küche abstechen, ja? Und jemand muss sich um Lara kümmern."

Sorglos hatte dem Mädchen, das ohne seine Eltern die lange Reise antreten würde, die im Hotel ihren Anfang nehmen und sie mit ihrem Buch um die halbe Welt führen sollte, ein schönes Zimmer reserviert. Lara würde drei Tage bleiben, damit sie und Roger Zeit miteinander verbringen konnten. Die beiden waren schließlich fast volljährig. Wer wollte sich dieser jungen Liebe in den Weg stellen? Sie etwa? Oh nein!

Meine Güte, was war das ein Aufwand gewesen, Laras Erfolg vor ihm geheim zu halten. Horst hatte zuerst davon erfahren, weil er als angeblicher *Fiffikuss*-Redakteur in privatem Emailkontakt mit Lara stand, seitdem er sie vor einem Jahr inkognito besucht hatte. Er hatte ihr den Floh ins Ohr gesetzt, ihr Erfolg könne ihren Kochschwarm in Verlegenheit bringen. Sie hatten gehofft, Lara würde ihre große Neuigkeit dann leichter für sich behalten können. Der Plan war aufgegangen. Als es dann um die große Lesereise ging, die ihr Verlag plante, war es wieder Horst gewesen, der Lara vorschlug, dies sei der Augenblick, Roger zu überraschen. Wenn schon, dann richtig. Und auch das hatte geklappt, der Verlag hatte sich wahrhaftig überreden lassen, die Buchpremiere in die kleine Stadt zu verlegen, in der Roger lebte und arbeitete, in das Hotel Sorglos, dem Kindheits-Paradies der Autorin, wie sie ihnen glaubhaft versichert hatte.

Gott sei Dank las Roger nur das, was Frau Höge ihm

empfahl. Rita hatte sie in der Bücherei besucht und lange mit ihr gesprochen. Sie hatte Frau Höge schnell überzeugen können, dass Laras Auftritt eine wunderbare Überraschung für Roger werden würde.

Dann hatte Rita die Aufgaben verteilt. Tanja kontrollierte alle Zeitschriften, die ins Haus flatterten, auf Werbung für Laras Buch und entfernte diese mit einem beherzten Reißen. Rita wollte immer genau dann einen Film auf DVD sehen, wenn etwas über Lara im Fernsehen gezeigt werden sollte. Sorglos verzichtete im Hotel sogar darauf, die Veranstaltung mit Plakaten und Anzeigen zu bewerben. Das rechnete Rita ihm hoch an. Aber sie wusste ja, wie sehr der alte Griesgram an Roger hing. Es war noch gar nicht so lange her, da hatte er sie bei einer Zigarette sogar gefragt, was sie davon halten würde, wenn Roger vielleicht eine zweite Ausbildung machen und das Hotelfach von der Pike auf erlernen würde?

Rita war skeptisch gewesen. „Tut mir leid, Herr Sorglos, aber ich kann mir meinen Jungen nicht als Ihren Nachfolger vorstellen. Vielleicht fragen Sie ihn einfach mal, wenn sich der ganze Rummel um Lara gelegt hat? Der Junge ist doch froh, dass er die Schule hinter sich hat."

„Werden Sie denn versuchen, es ihm auszureden?" Sie hatte ihm seine Nervosität angemerkt. Ohne die Unterstützung von ihr und Horst würde er Roger vermutlich nicht überreden können, das schien er zu wissen.

„Der Junge wird bald volljährig. Ich denke, er kann das selbst entscheiden." Rita sah ihren Chef ernst an. „Ich werde ihn nicht beeinflussen. Es gibt Entscheidungen, die kann ein junger Mann selbst treffen. Die muss er vielleicht sogar selbst treffen, vor allem wenn es die eigene Zukunft betrifft." Sie hatte gezögert. „Wie sein Vater dazu steht, weiß ich allerdings nicht", hatte sie das Gespräch schließlich beendet. Natürlich wusste Sorglos, um wen es sich bei Rogers dubiosem Internetfreund handelte und er sprach sie auch sofort darauf an. Immerhin ließ er sie seit einem Jahr seinen Rechner an ihren Dienstsonntagen benutzen. Horst und er kannten sich gut aus der Zeit, als ihrem Mann noch das bekannte *Rolando* gehörte, und Sorglos hatte ihm seinerzeit sogar angeboten, für ihn zu arbeiten, als Horst alles aufgeben und gehen wollte. Nun bekam er also endlich seine Chance, Horst bei der Arbeit zu beobachten, es sei denn, Roger zertrümmerte in seiner Wut die Küche und sorgte dafür, dass der Abend in einem Fiasko endete.

Aber, fragte sich Rita nachdenklich, würde das zu ihrem Sohn passen? Würde er nicht vielmehr versuchen, seine Arbeit zu tun und zu helfen, dass die Veranstaltung für das Hotel und für Lara ein Erfolg würde? Wäre es nicht völlig untypisch für ihren Ältesten, sein eigenes Wohl über das der anderen zu stellen? Sie konnte es nur hoffen und gleichzeitig beten, dass es Horst gelang, das Herz seines Sohnes auch in der realen Welt zu gewinnen, und zwar schnell.

Rita schaute auf die Uhr. Drei Uhr durch. Sie würde sich hinlegen und versuchen sich einzubilden, dass alles gut werden würde. Sie würde es einfach mal mit Vertrauen versuchen. Sie hatte nun schon ein wenig Übung damit. Sie hatte Horst vertraut, als er sich unter diesem albernen Pseudonym so großartig um Roger gekümmert hatte, und sie war nicht enttäuscht worden. Sie hatte ihm auch vertraut, als es darum ging, seiner Einschätzung von Lara und ihren Gefühlen für Roger zu glauben. Und nun blieb ihr gar nichts anderes übrig, als ihm zu vertrauen, dass die Idee, hierher zu kommen, gut und richtig gewesen war.

Sie musste aber auch darauf vertrauen, dass sie ihrem Sohn genug Liebe gegeben hatte, dass er mit den Gefühlen umgehen konnte, die ihn in wenigen Stunden von allen Seiten überfluten würden. Es war nämlich nur Liebe gewesen, die sie alle zusammengehalten hatte, während sie versucht hatten, ihm zu helfen.

Nicht mehr, aber vor allem auch nicht weniger.

Kapitel 19

Johannes Sorglos war schlecht. Er hatte Pocke gefüttert und sich dann selbst einen Kaffee aufgesetzt und auch einen Moment überlegt, ob er sich aus der Hotelküche ein Brötchen holen sollte, aber er wusste schon in dem Augenblick, wo er den Gedanken gefasst hatte, dass ihm bereits der erste Bissen im Hals stecken bleiben würde.

„Was schaust du so?" Pocke war es nicht gewohnt, dass sein Herrchen schweigend mit einer Tasse in der Hand mitten im Raum stand und Löcher in die Luft starrte. Als endlich mit ihm gesprochen wurde, wedelte er erleichtert und zog sich in sein Körbchen zurück.

„Ich wollte, du könntest mich verstehen", murmelte Sorglos. „Du würdest für keinen Knochen der Welt da liegen bleiben, wenn du wüsstest, wer heute kommt." Sorglos setzte sich und blickte unter den Küchentisch, wo sich sein Hund in aller Gemütsruhe die Pfoten leckte. Es lag noch kein Schnee und es hatte lange nicht geregnet, sodass es eigentlich nichts zu säubern gab, dachte Sorglos kurz, aber wenn es ihm gut tat? Dann probierte er etwas aus. „Lara kommt heute. LARA! Deine gute, alte Freundin! LARA! Mit einer wunderschönen HÜNDIN!"

Nichts. Der Hund nahm das großmütig zur Kenntnis und scherte sich nicht weiter um die Sensation des Tages. Im Gegensatz zu ihm.

Sorglos hielt die Tasse mit beiden Händen, so als brauche er dringend etwas, das ihm Halt geben würde.

Au weia, worauf hatte er sich da bloß eingelassen! Roger würde gleich seinen Vater treffen, ihn als das erkennen, was er war, nämlich einen listigen Lügner, und dann würde er in einen Schock verfallen, wie damals, und sie konnten sehen, wie sie das Menü, das er sich ausgedacht hatte, davor bewahrten, zu schlichtem Gemüse zusammenzufallen. Der ganze Trick waren doch die Brennnesseln oder Disteln oder das Zeug, das da in seinem Lichthof stand, und die Gänseblümchen, Kornblumen und Ringelblumen, die der Junge ins Essen schnibbeln wollte. Wenn Roger seinem Vater einen Kinnhaken gab, sich die Kochjacke vom Körper riss und raus rannte, dann waren sie geliefert. Das Einzige, was sie in genügend großer Menge eingefroren hatten, war Gehacktes für den Hund.

„Keine Sorge." Sorglos sah auf Pocke hinunter, der es sich bereits gemütlich gemacht und die Augen geschlossen hatte. „Ich gebe den Gästen doch nicht dein Futter! War doch nur so vor mich hingedacht." Vielleicht sollte er trotzdem eben noch beim Großhandel anrufen und ein paar Kilo Hähnchenbrust bestellen? Nur für alle Fälle?

Wenn Roger ihn heute hängen ließ, dann würde der Veranstalter vermutlich nicht bezahlen. Auch gut, damit konnte man leben. Aber Sorglos wollte verdammt sein, wenn er zuließ, dass Laras erste Lesung aus ihrem ersten Buch nicht ein großartiger Erfolg wurde. Sie wollte, dass die kleinen Speisen, die gereicht werden würden, zur Poesie ihres Romans passten. Wenn den Jungen die Nerven verließen, dann hatte Sorglos so viele Blumen übrig, dass er ihr mehr Poesie auf die Tische streuen und in die Knopflöcher der Kellner fummeln konnte, als ihr lieb sein würde.

Sorglos schüttelte den Kopf. Manchmal vergaß er, dass Roger heute nicht der Einzige dort unten sein würde, der etwas von Kochen verstand. Er dachte dabei nicht an die

Aushilfsköche und auch nicht an Gruber, den faulen Hund. Nein, er dachte an Horst Roland.

Horst war der König der Stadt gewesen in seinen besten Jahren, das *Rolando* eine Goldgrube. Niemand, der ihn nicht um sein Talent beneidet hatte, einschließlich ihm selbst. Johannes Sorglos konnte zwar gut über Essen urteilen, aber zubereiten konnte er im Grunde nur Bratkartoffeln und Spiegelei. Das wusste unten niemand, selbst Gruber nicht, und das sollte auch so bleiben. Wenn Roger also gleich ausflippte, dann würde er Horst fragen, ob er übernehmen wolle.

Sorglos konnte sich erinnern, dass es im *Rolando* immer eine Menge Krautzeug auf dem Tellerrand gegeben hatte, als Dekoration. Wenn Horst keine Lust auf das Grünzeug hatte, dann sollte der Ex-Rolando-König es eben unterrühren, die blöden Blüten in den Müll klatschen und Maggi mit auf den Tisch stellen. Wenn das hier heute Abend danebenging, dann war Sorglos nämlich erledigt. Nicht finanziell, sondern vom Ruf her, und dann konnte man sich genauso gut gleich auf Pommesbuden-Niveau umstellen.

Johannes Sorglos merkte, wie seine Gedanken hin und her flogen. Meine Güte, konnte die Kleine schreiben! Der Verlag hatte ihm ein Buch geschickt und er hatte es in den letzten Tagen in jeder freien Minute verschlungen. Zauberhaft! Ach, wenn es doch nur im richtigen Leben auch so leicht wäre!

Als Roger nach dem Buch gefragt hatte, da hatte Sorglos ihn zum ersten Mal belogen. Rita hatte so darum gebeten, ihm die Überraschung nicht zu verderben, aber seit ein paar Tagen fragte sich Sorglos, ob die Mutter des Jungen mit ihrer Heimlichtuerei nicht mehr Schaden angerichtet hatte, als sie ahnte. Musste er sich Vorwürfe machen, weil er sie an den Rechner gelassen hatte, damit sie ihrem Sohn etwas vorspielen konnte? Nein, sicher nicht. Immerhin hatte er mit eigenen Augen erleben dürfen, wie gut dem Jungen der ganze Quatsch tat. Jetzt konnte er nur hoffen, dass Roger das nach heute Abend ebenso sehen würde.

Lara hatte ihn vorgestern angerufen. Erst hatte Sorglos gar nicht gewusst, wer am Apparat war, dann war der Groschen gefallen. Er vermutete, dass sie vom Haus ihrer reichen Eltern anrief und hatte kein schlechtes Gewissen, als er nachher feststellte, dass sie fast eine Stunde geplaudert hatten. Sie hatte ihm erzählt, dass die Lesereise erst Ende Mai nächsten Jahres zu Ende sein würde. Ob er wisse, was das bedeute?

Nein, er hatte es nicht gewusst. Jetzt wusste er es. Dann wurde sie nämlich achtzehn und volljährig und konnte selbst über ihr Leben bestimmen. Und genau das tat sie, als sie ihm erzählte, dass sie nach dem Ende der Tour zurückkäme und gerne jetzt schon ein Zimmer reservieren wolle. Er dürfe nur darüber mit niemandem sprechen.

Himmel noch mal! Hatten die Frauen ein Geheimnis-Gen, das er nicht kannte? Wieso verlangte jede von ihm, dass er etwas für sich behalten müsse? Er war ja Diskretion gewöhnt, aber dies waren doch alles Sachen, die man gerne erzählt hätte! Lara Valentin, ein Kind dieser Stadt, hatte Erfolg! Lara Valentin, die ihre Kindheit in seinem Hotel verbracht hatte, würde bei ihm lesen! Nichts davon durfte er verraten, ach was!, verraten? Vermarkten! Er hatte einen Star im Haus und niemand wusste davon. Keiner aus der Stadt, die Presse nicht, niemand. Gab's denn so was? Na gut, die Veranstalter sagten, sie würden mit zweihundert

Gästen kommen, und Sorglos konnte sich beruhigen, indem er sich einredete, ein voller Saal sei ein voller Saal. Aber trotzdem! Er hatte das Bedürfnis nach der Anerkennung der Mitbewerber. Oder ihrem grenzenlosen Neid.

Lara würde in Begleitung ihres Verlegers kommen und während der ganzen Reise von ihrer Lektorin betreut werden, die ein nachsichtiges Auge auf die junge, noch nicht ganz volljährige Dame haben würde, im Einverständnis mit den Eltern des Mädchens. Diese seltsamen Aktivisten! Blieben doch wahrhaftig bei ihren Kötern und ließen die Kleine alleine das ganze Programm abspulen!

Sorglos war schon wieder so in Rage, dass er aufstehen und sich einen neuen Kaffee einschütten musste. Wenn er nicht zu alt gewesen wäre, er hätte die Kinder beide damals adoptieren sollen. Beide. Dann hätte er jetzt eine berühmte Adoptivtochter. Und er hätte in seinem Adoptivsohn Roger den richtigen Nachfolger. Von wegen, der Junge wollte nicht! Was wusste denn seine Mutter schon davon?

Vor lauter Wut wühlte Sorglos aus den Tiefen seines Kühlschranks eine halb erfrorene Banane hervor, pellte sie und verschlang sie mit zwei großen Bissen, nicht ohne vorher liebevoll ein Zipfelchen abzuknipsen und Pocke ins Körbchen zu werfen. Der Hund liebte Bananen. Und er liebte diesen Hund. Ja, er liebte ihn, und er schämte sich nicht einmal dafür. Das hatte er auch Lara gesagt, die sich doch große Sorgen um das Wohl ihres felligen Freundes machte. Das sei ja nun Blödsinn. Wenn es jemandem in diesem Hotel gut ginge, dann Pocke. Roger ließ es sich nach wie vor nicht nehmen, wenigstens einen der drei Spaziergänge selbst zu übernehmen, aber die anderen beiden seien ihm, dem Direktor, so lieb geworden, dass er sich überhaupt nicht mehr ein Leben ohne den treuen und lustigen Begleiter vorstellen wollte. Nein, der Hund sei kaum alleine in der Wohnung. Ihm gehöre das Foyer, er begrüße jeden bellend, und wer das nicht akzeptieren wolle, der könne sich woanders ein Zimmer suchen. Wie lange das schon so sei, hatte Lara gefragt. Keine Ahnung, schon lange. Der Hund gehöre dazu. Basta.

„Ach, Herr Sorglos, ich habe Sie so vermisst!"

„Ich dich auch, Mädchen, ich dich auch." Und nicht nur ich, fügte er in Gedanken hinzu.

„Was sagen deine Eltern dazu, dass du nicht mehr zurück willst?"

„Sie wissen es noch nicht, deshalb ist es auch so unglaublich wichtig, dass niemand zu früh erfährt, dass ich meinen Geburtstag bei Ihnen verbringen will. In aller Stille. Eigentlich soll ich da auf dem Rückweg sein. Meine Eltern wollen mich dann mit einer großen Party empfangen."

Sorglos meinte, ein Geräusch zu hören, als würde sich jemand voller Ekel heftig schütteln, aber das konnte auch eine Sinnestäuschung sein. Vielleicht Pocke, der sich in demselben Augenblick gähnend erhoben hatte, um seine stündliche Runde durchs Hotel anzutreten.

„Von mir erfährt niemand etwas, versprochen."

Lara schwieg, und er wollte schon sagen, dass sie genug gesprochen hätten, da räusperte sie sich und schien allen Mut zusammenzunehmen.

„Glauben Sie, dass Roger sich freuen wird, mich wiederzusehen?"

„Unter normalen Umständen würde ich sagen, der Junge wird vor Glück platzen", gab Sorglos unumwunden zu und wusste, dass er sich sehr weit aus dem Fenster lehnte. „Er wird am Abend der Lesung eine Menge zu verkraften haben. Er weiß bisher nicht, dass du liest, und er weiß nicht, dass sein Vater in der Küche mithilft."

„Sein Vater? Meine Güte, das ist doch großartig!"

„Theoretisch schon, aber Roger glaubt, dass ich seinen besten Freund eingestellt habe, einen gewissen *Mes Ser*, und ahnt nicht, dass es die ganze Zeit sein Vater war, mit dem er sich so gut verstanden hat."

„Oh oh!"

„Ja, genau. Wenn er Glück hat und den Schock gut übersteht, gewinnt er einen Vater zurück und behält einen Freund. Wenn er Pech hat, dann verliert er beide. Du kennst seinen Vater übrigens. Er hat dich besucht und war zwei Wochen bei euch."

„Horst? Horst ist Rogers Vater?"

„Richtig."

„Ich dachte, der kommt von einem Ma... Magazin?" Laras Sprache erschrak sich und Sorglos auch. Sie hatte das Stottern so schön überwunden! Schien ihm jedenfalls so. Nicht, dass das jetzt wieder ausbrach?

„Mädchen, bleib schön ruhig, alles wird gut. Du bist jetzt fast erwachsen und ich finde, du musst wissen, in welcher Verfassung dein Freund sein könnte, wenn du ihn triffst. Er wird sich über diese Vater/Freund Sache vielleicht aufregen, aber ganz sicher nicht darüber, dass er dich endlich wiedersieht."

„Ach, Herr Sorglos, Sie sind süß!"

„Bin ich das?"

„Absolut! Ich muss jetzt auflegen, meine Eltern rufen, ich muss weiter packen. Bis übermorgen!"

„Bis übermorgen, Lara, ich freue mich auf dich!"

„Und ich mich auf zu Hause!"

Sorglos hatte aufgelegt und aufgeatmet. Sie hatte ganz normal weitergeredet. Gott sei Dank! Dann hatte er sich angezogen, den Hund angeleint und war nach dem Telefonat erst einmal eine Stunde strammen Schrittes durch den winterlich kahlen, schneelosen Wald spaziert.

Danach hatte er sich großartig gefühlt, fast so, als habe er alles unter Kontrolle. Das Gefühl hatte sich inzwischen vollständig verflüchtigt.

Sorglos sah auf die Uhr. Gleich acht. An Lara zu denken tat ihm jedoch gut. Er spürte, wie sehr er sich auf sie freute. Wer hätte geglaubt, dass er eines Tages so ein gutes Verhältnis zu der Göre entwickeln würde, die vor gut sechs Jahren den kleinen Analphabeten in sein Foyer geschleppt hatte?

Sorglos hatte auf einmal das Gefühl, alles würde wirklich gut. Woher es kam, konnte er nicht sagen, aber es war da und mit ihm sein Appetit.

Noch zwei Stunden, bis die Bombe in seiner Restaurantküche platzte. Es wurde Zeit nachzusehen, ob er nicht vielleicht doch noch schnell ein anständiges Frühstück dort auftreiben könnte, ehe das Theater losging.

Kapitel 20

Es war inzwischen hell. Horst Roland sah auf seine Armbanduhr. Kurz nach halb neun. Niemandem vom Hotelpersonal war aufgefallen, dass ein klappriger Wagen mit Schweizer Kennzeichen in der hintersten Ecke des Parkplatzes stand und dass darin ein Mann auf dem Fahrersitz kauerte, der angestrengt den Hoteleingang im Auge behielt. Gut so, dann hatte sicher auch niemand bemerkt, dass das kleine Auto bis unters Dach beladen war mit Koffern, losen Jacken und allem möglichen Krempel, den er einfach nicht hatte zurücklassen wollen. Und mit den Geschenken für Rita und die Kinder.

Horst wischte sich mit einem Taschentuch über die Stirn. Es war inzwischen lausig kalt im Auto und er würde bald aussteigen müssen, aber er war so nervös, dass er schwitzte wie ein Kranker.

Offiziell erwartete man ihn um zehn Uhr in der Küche. Wo die lag, wusste Horst. Er kannte sich hier aus. Deshalb hielt er auch die Idee, einfach mal bei Sorglos privat zu schellen, für gar nicht so schlecht. Vielleicht hatte er einen guten Vorschlag, wie er gleich mit seinem Sohn umgehen sollte, den er das letzte Mal als spindeldürren, unsicheren Zwölfjährigen gesehen hatte, und der in einem halb Jahr achtzehn werden würde. Rita sagte immer, man würde dem Jungen den Vater ansehen, und Horst war wirklich gespannt darauf, ob er in Roger sich selbst als jungen Mann erkennen würde.

Er stieg aus, schloss den Wagen ab, schlug den Mantelkragen hoch und ging ums Hotel. Als er schellte, hörte er ein nicht allzu tiefes Bellen. Was immer ihn dort gleich auf vier Pfoten begrüßen würde, ging ihm wahrscheinlich nur bis zum Knie.

„Halt die Klappe, Pocke!", hörte er eine Stimme und einen Augenblick später starrte ihn auch schon sein heutiger Chef und alter Freund und Kollege Johannes an.

„Immer hereinspaziert", winkte ihn Sorglos in den kleinen Flur seiner Privatwohnung. Dann standen sie sich einen Augenblick schweigend gegenüber und sahen sich an.

„Gut, dass du gekommen bist, Horst", begrüßte ihn Sorglos schließlich und klopfte ihm auf die Schulter. „Komm mit, ich mach dir einen frischen Kaffee."

Horst folgte ihm und setzte sich auf die Küchenbank. Dann streichelte er den Mischling, der sich vom eigenen Wedeln wie durch einen Propeller selbst anzutreiben schien und unentwegt Kreise drehte.

„Mann, bin ich froh, dass du schon da bist", hielt sich Sorglos gar nicht lange mit Herumreden auf. „Ich habe keine Ahnung wie wir Roger gleich beibringen sollen, dass sein Kumpel *Mes Ser* nicht kommt."

„*Mes Ser* ist da, Johannes", meinte Horst leise und hob mit kalten Händen den dampfenden Kaffee zum Mund.

„*Mes Ser*! Was ist das überhaupt für ein bescheuerter Name?" Sorglos schüttelte den Kopf. „Konntest du dich nicht Willi nennen?"

„Roger ist in diesem Netzwerk als *Ga Bel* unterwegs. Ich dachte, das schafft sofort eine Gemeinsamkeit."

„Du hast deiner Frau übrigens eine große Last von den Schultern genommen, als du dich da eingeschaltet hast."

„Ja, ich weiß. Ich könnte verrückt werden, wenn ich daran denke, dass wir das ganze Theater gar nicht hätten haben müssen, wenn ich damals bei dir angefangen hätte und nicht in die Schweiz gegangen wäre."

„Da magst du Recht haben", nickte Sorglos nachdenklich. „Aber Reisende soll man nicht aufhalten, und wer weiß, wie sich Roger dann entwickelt hätte. Du hättest garantiert nicht zugelassen, dass er sich jeden Nachmittag stundenlang bei mir aufhält, während du unten in der Küche arbeitest. Und dann hätten er und Lara nie diese unglaubliche Freundschaft zueinander aufgebaut."

„Wer weiß."

„Ich weiß. Du warst damals verdammt nicht einfach, Horst."

„Du auch nicht, Johannes."

Sorglos räusperte sich und Horst schaute verlegen in seine Tasse.

„Mein Junge hat Talent, oder?"

„Worauf du Gift nehmen kannst. So was habe ich noch nie gesehen. Keiner von uns, ehrlich gesagt. Es ist fast so, als würden die Zutaten unter seinen Händen darum flehen, sich in Köstlichkeiten verwandeln zu dürfen, und vor allem auch solche, von denen man es gar nicht erwartet. Warte mal ab, bis du siehst, wie er mit seinem Grünzeug umgeht. Ich habe manchmal das Gefühl, dass verwelkte Pflanzen sich in seiner Nähe aufrichten vor Freude. Er ist bei allem, was er macht, so unglaublich sanft. Klar, er kann mit dem Beil einen Knochen durchschlagen, und er kann so schnell schneiden, dass dir die Augen wehtun, aber es wirkt alles so leicht und liebevoll, dass Gruber schon mal gesagt hat, das Steak wird gar, wenn er es nur ansieht. Der Junge hat noch nie etwa anbrennen lassen, noch nie etwas verwürzt, noch nie etwas nicht absolut genau auf den Punkt gegart. Das heißt, doch, hat er wohl, damals, als wir dachten er dreht durch. Da ging aber auch wirklich alles schief. Alles. Was er auch anpackte, es schmeckte zum Erbrechen." Sorglos schüttelte angewidert den Kopf, als er sich an die Zeit nach Rogers sechzehnten Geburtstag erinnerte.

„War das deine Idee mit dem Rechner, Johannes?"

„Ich wollte ihm doch nur einen Gefallen tun, Horst, einen Gefallen! Ich wollte, dass er leichter in Kontakt bleiben kann mit Lara. Sie ist es doch, die hinter all dem steckt. Das Mädchen hat etwas in ihm geweckt, damals schon, als die beiden noch Kindergrößen getragen haben, was niemand von uns in ihm vermutet hat. Sie ist seine Muse, Horst. Und sag jetzt nicht, dass er sie liebt, das weiß ich nämlich. Ich war hautnah dabei, als sie wegging und er vor die Hunde."

„Danke."

„Wofür?" Sorglos kratze sich irritiert am Kopf.

„Dafür, dass du ihm den Computer gegeben hast."

„Was?"

„Ohne den Rechner wäre nichts von dem passiert, was mich wieder ins Spiel gebracht hat und mit etwas Glück auch zurück zu meiner Frau und meinen Kindern. Danke, Johannes."

„Du kommst zurück? Du bleibst? Du arbeitest nicht mehr in der Schweiz?"

„Nein, ich habe gekündigt und all meinen Kram im Auto."

„Worauf wartest du noch! Hol die Sachen rein, ich gebe dir sofort ein Zimmer, bleib, solange du willst!"

Horst grummelte verlegen vor sich hin.

„Ich hatte eigentlich gehofft …"

„Meinetwegen kannst du bei Rita schlafen, so viel du

willst. Aber fall nicht gleich mit der Tür ins Haus. Hol deine Sachen aus dem Auto, mach dich frisch und komm hierhin zurück, ja? Geh nicht in die Küche, hast du verstanden? Ich habe eine Idee."

Horst Roland hatte keine Ahnung, was sein alter Freund vorhaben könnte, aber er trank seinen Kaffee aus und ging mit ihm hoch zur Rezeption. Es war inzwischen neun. In einer Stunde wäre es soweit, dann würde er vor Roger stehen. Horst freute sich, dass er sich vorher noch eben duschen konnte. Das ganze Gepäck konnte er später immer noch aus dem Wagen holen. Jetzt brauchte er nur seine Reisetasche. Als er nach ein paar Minuten wieder vor Sorglos stand, wedelte dieser bereits mit dem Zimmerschlüssel. „Zimmer 108, weil du es bist. Beeil dich und komm direkt zurück in meine Wohnung."

Als Horst genau dort eine halbe Stunde später wieder stand, fühlte er sich gut. Etwas müde, aber gut. Er hatte nicht gewusst, ob es noch alten Groll zwischen ihm und Sorglos gab. Sie waren früher nicht immer einer Meinung gewesen. Davon war aber nichts mehr zu spüren, die gemeinsame Sorge um Roger und Lara hatte sie zusammengeschweißt. Eigenartig, dachte Horst, welchen Einfluss diese Kinder auf uns haben. Fast so, als würden wir alle ein wenig zusammenwachsen, wie Pflanzen, die am selben Gitter ranken.

„Wieso hast du deinem Hund eigentlich keinen schöneren Namen gegeben?", fragte Horst, als er mit der nächsten Tasse Kaffee wieder am Küchentisch des Hoteldirektors saß.

„Weil ich ihn eigentlich gar nicht wollte und ihn so überflüssig fand wie eine Pocke am Hintern."

„Warum hast du ihn dir denn dann geholt?"

„Habe ich doch gar nicht!" Sorglos fuchtelte mit den Händen. „Dieser seltsame Vater von Lara gab mir den Welpen und jede Menge Geld und sagte, das sei für die Getränke der Kinder. Und dann fuhr er wieder weg."

„Ich habe den Typ auch gefressen. Aufrichtig fanatisch, und er geht über die Leiche seiner Tochter."

Sorglos schüttelte den Kopf und schwieg. „Gut, dass sie fast hier und von dort weg ist."

„Oh ja, das sehe ich genauso. Ich wollte, wir könnten sie hier behalten." Horst kraulte Pocke und überlegte.

„Ja, aber darüber können wir später nachdenken. Ich möchte übrigens, dass die erste Begegnung zwischen dir und deinem Sohn hier bei mir stattfindet und nicht unten, wo alle anderen zuhören können. Hier flippt er vielleicht auch nicht aus, weil er Pocke nicht erschrecken will. Ich gehe jetzt raus und fange ihn ab. Du bleibst hier, ok?"

„Meinetwegen." Was hatte er auch für eine Wahl, fragte sich Horst.

„Ach, Johannes, noch was ..."

„Ja, du kannst hier arbeiten. Ja, ich zahle schlecht, aber das weißt du ja. Nein, ich will jetzt nicht darüber reden. Bis gleich." Und damit zog Sorglos die Haustür hinter sich zu.

Horst stand auf und ging ans Fenster. Von hier aus konnte er genau erkennen, wer kam und wer ging.

Er seufzte. Die nächste halbe Stunde konnte leicht die längste seines Lebens werden.

Kapitel 21

„Hallo, Herr Sorglos, bin ich zu spät?" Roger schaute verwirrt auf seine Armbanduhr. Wenn Sorglos ihm mit so forschem Schritt im Wald entgegenkam, konnte das nichts Gutes bedeuten.

Das Wetter war großartig, die Sonne hatte zwar keine Kraft, aber der Tag würde herrlich werden. Nur schade, dass die Gesellschaft davon heute Abend nicht mehr viel mitbekommen würde. Roger seufzte und merkte, dass er zwar die Vorweihnachtszeit liebte mit all ihrer Hektik, sich aber auch schon auf das Frühjahr freute, wenn nicht mehr um halb fünf draußen das Licht ausging und dieses traumhafte Tal und den Wald in frühe Dunkelheit tauchte.

„Nein, Roger, du bist nicht zu spät." Sorglos ging nun zügig neben ihm her. „Ich wollte dich nur ganz sicher abfangen, weil ich dich unter vier Augen sprechen möchte. Gehen wir am besten gleich in meine Wohnung."

„Ist was mit Pocke?"

„Nein, dem Hund geht es gut, aber es gibt etwas, was ich dir erzählen möchte, und es ist entscheidend wichtig, dass du genau verstehst, was das bedeutet, ja?"

Roger nickte und wunderte sich. Hatten die Veranstalter das Menü umgeworfen? Wenn ja, dann würde es heute Abend Frikadellen geben und sie würden alle mit ins Grab nehmen müssen, für wen das Hackfleisch eigentlich vorgesehen gewesen war. Roger warf einen belustigten Seitenblick auf seinen Chef, aber der schien heute überhaupt nicht zu Scherzen aufgelegt und hatte die Augenbrauen zusammengezogen. Roger blieb stehen. „Was ist los?"

Sorglos dreht sich zu ihm um. „Na gut, dann sprechen wir halt hier draußen, ist vielleicht auch besser so", sagte er und warf einen schnellen Blick über die Schulter auf seine Wohnung.

Hatte sich die Gardine in der Küche des Chefs gerade bewegt?, dachte Roger irritiert.

„Also, hör zu, Junge, und versuch einfach mal, so cool zu bleiben, wie sich das für Kerle in deinem Alter gehört, ja? Du bist ein Profi, wir haben heute volles Programm, und ich brauche dich topfit, verstanden?"

„Ja", antwortete Roger unsicher und wurde langsam nervös. Hier stimmte doch etwas nicht!

„Es gibt da ein paar Dinge, die du wissen musst. Erstens: *Mes Ser* ist da unten in meiner Wohnung. Er ist ein alter Freund von mir, ein wirklich großartiger Mann."

„*Mes Ser* ist da?" Aufgeregt reckte Roger den Hals und versuchte zu erkennen, wer da hinter der Gardine stand und sie beobachtete.

„Ja. Und dein Vater auch."

Roger riss die Augen auf und starrte seinen Chef an. „Wow", sagte er leise.

Junge, Junge, wenn Sorglos seinen Vater extra aus der Schweiz hatte kommen lassen, dann würde es gleich in der Küche aber interessant werden. Sein Vater! Roger spürte, dass er heilfroh war, dass *Mes Ser* da war. Er hatte nämlich das Gefühl, als würde er gleich einen Freund gut gebrauchen können.

„*Mes Ser* ist dein Vater. Dein Vater ist *Mes Ser*."

Es hatte Roger immer schon auf seinen frühen Wanderungen zum Hotel gewundert, wie viele Vögel nicht in den Süden geflogen waren und wie viel Leben im winterlich kahlen Wald möglich war. Überall zirpte es noch und raschelte im Laub, und aus dem Augenwinkel meinte er sogar, ein Reh zwischen den Bäumen erkennen zu können, das verwundert stehen geblieben war und regungslos der Dinge harrte, die da kommen würden. Bloß nicht rühren, dann würde die Gefahr schon vorübergehen.

„Roger?"

„Ja?" Hörte das Reh das Rauschen, das plötzlich den Wald erfüllte?

„Hast du das verstanden?"

„Ja."

„Wenn das stimmt, dann müsstest du jetzt Fragen haben. Frag."

Roger, der sich mehr als die Hälfte seines jungen Lebens in der Welt der Worte nur unsicher bewegt hatte, versuchte zu begreifen, was er gehört hatte. Instinktiv schaltete sein Verstand in den Koch-Modus. Alles gehörte irgendwie zusammen, alle Zutaten ergaben, wenn man sie nur geschickt genug kombinierte, etwas Neues, etwas Besseres. Sie waren zusammen mehr als die Summe ihrer Teile. Es kam nur darauf an, sie als das zu erkennen, was sie waren und sie dann behutsam so zusammenzuführen, dass sie ihre besten Eigenschaften miteinander entfalten konnten.

Sein Vater war hier. Sein Vater, der in der Schweiz lebte und der sich ewig nicht gemeldet und sich nicht um ihn gekümmert hatte, weil es ihn einen Dreck zu interessieren schien, wie es seinem Sohn ging. Sein Vater war Koch und so, wie er gehört hatte, einer der Fähigsten. Aber er hatte ihn verlassen.

Mes Ser war hier. *Mes Ser* war der beste Freund, den er auf der Welt hatte, der engste Vertraute, jemand, der ihn besser verstand als irgendjemand sonst, jemand, der seit anderthalb Jahren immer für ihn da war und zu dem er ein Gefühl der Zuneigung entwickelt hatte, das sich kaum beschreiben ließ. *Mes Ser* war Koch, und zwar einer der Fähigsten. Aber er hatte ihn belogen.

Was, um Himmels willen, sollte er daraus nur machen?

„Roger?"

„Ja?"

„Du bist sauer, stimmt's?"

„Ja." Das Reh hob erschrocken den Kopf und Roger bedauerte sofort, dass er so laut gesprochen hatte.

„Schrei mich nicht an, Junge. Das war erst der Anfang. Es kommt nämlich noch besser. Heute Abend liest Lara bei uns aus ihrem Buch. Sie kommt gleich an. Sie kommt deinetwegen und du weißt auch warum. Und für Lara werden wir uns heute große Mühe geben, stimmt's Roger? Und das mit den Messern und den Vätern, das klären wir morgen, ja? Was hältst du davon, Roger? Hm? Gute Idee, oder?"

Roger hatte sich immer gewundert, wie groß die Augen von Rehen waren. Das lag daran, dass sie nachts gut sehen konnten. Er erinnerte sich, dass es ihm als Kind das Herz gebrochen hatte, wenn sich in Zeichentrickserien die riesigen Augen eines Rehs mit Tränen füllten. Und er hatte sich immer gefragt, wie sie das aushielten, bei Tageslicht durch einen sonnendurchfluteten Wald zu laufen, ohne dass diese wunderschönen Augen nicht in einem fort tränten.

Das Reh, das ihn nach wie vor gebannt anstarrte, senkte plötzlich den Kopf und begann zu grasen.

„Ich nehme das Beste von beiden", entschied Roger.

„Hä?"

„Ich nehme das Beste von beiden."

„Ich bin nicht taub, Junge. Aber trotzdem: Hä?"

„Ich schneide die faulen Teile einfach weg und nehme das Beste von beiden."

„Alles klar, Roger. So, nun komm schön, wir gehen jetzt rein, ja? Trinken einen Kaffee zusammen und sprechen über das Menü und welche Kräuter du gleich nimmst, ja? Kräuter, Roger, du weißt doch, die magst du doch so, nicht wahr?" Sorglos hatte ihn wie einen Greis untergehakt und führte ihn Richtung Wohnung. „Welche Kräuter waren das, Roger? Hm? Welche Kräuter stehen im Lichthof? Erzähl mal!"

Inzwischen waren sie fast am Haus angekommen. Roger fühlte, wie die Benommenheit, die ihn überwältigt hatte, allmählich nachließ und wand sich irritiert aus der albernen Umklammerung seines Chefs. Was war bloß los mit dem Mann? Hatte er den Verstand verloren? Lara kam. *Mes Ser* war sein Vater und umgekehrt. Jede Menge Lügen, aber Lara kam. Keine Lüge der Welt behielt ihren Stachel, wenn sie dazu ausgedacht worden war, ihn damit zu überraschen. Lara kam. Und sie hatten es alle gewusst. Sorglos, Lara, *Mes Ser*, Papa, Mama. Mama? *Ri Ta*? Roger spürte, wie ihm ein Lachen in die Kehle stieg. Seine Mutter hing auch mit drin? Mama war *Ri Ta*? Die *Ri Ta*, die sich dauernd mit *Mes Ser* gezankt hatte? Mama und Papa? Und dann schenkten sie ihm plötzlich Lara?

Roger warf den Kopf zurück und ließ das Lachen raus. Sollten die Rehe zwischen hier und München sich ruhig erschrecken, sie würden sich auch wieder beruhigen. Roger hatte das Gefühl, er würde nie mehr mit dem Lachen aufhören können. Er schüttelte sich förmlich, und als er Sorglos ansah und seine alles andere als sorglos aufgerissenen Augen, da musste er noch mehr lachen. Der war auch darin verwickelt! Sorglos, der immer meinte, er sei diskret, und der mehr ausplauderte, als er verschwieg, hatte dichthalten müssen? Roger hielt sich die Seite vor Lachen, als er sich ausmalte, wie seine Mutter, die flotte *Ri Ta*-Maus aus dem Netzwerk, dem armen Direktor Feuer unterm Hintern gemacht hatte, um zu verhindern, dass der alte Knabe die Überraschung ausplauderte.

Die Tür zur Wohnung des Hotelinhabers wurde von innen geöffnet und ein Gesicht erschien. Roger erkannte mit einem Blick seinen Vater und das spitzbübische Funkeln in den Augen, als er ihn angrinste.

Roger machte einen Schritt nach vorne und flog ihm um den Hals. Das Lachen schüttelte ihn und er wusste, dass Sorglos von hinten nicht würde erkennen können, ob er noch lachte oder schon weinte, aber das war ihm egal. Papa wusste es und würde ihn sicher nicht verraten.

Kapitel 22

„Wenn der Junge nicht bald rüberkommt, dann geh ich ihn holen", grummelte Gruber und sah auf die Uhr an der Wand.

„Das wirst du schön sein lassen." Horst Roland ging zum Spülstein, um sich die Hände zu waschen. „Lass ihn in Ruhe. Sorglos hat gesagt, er soll sich Zeit lassen, und er weiß, was er tut. Kümmere dich lieber um die Desserts."

„Ich? Bist du verrückt? Das machen heute die beiden da drüben." Er zeigte auf zwei junge Köche, die gerade etwas in den großen Gefrierschrank schoben.

Gruber hatte sich überhaupt nicht verändert, dachte Horst genervt. Ehe er bei Sorglos angefangen hatte, hatte er bei ihm gearbeitet. Ein Kerl wie ein Baum und faul wie zwei Sack feucht gewordenes Heu.

„Und die Blüten pack ich nicht an. Roger kann fuchsteufelswild werden, wenn jemand die Blüten zerknickt. Hast du dir mal meine Hände angesehen? Ich bin eher fürs Grobe, aber seit dein Sohn hier arbeitet, muss ja alles", er fuchtelte angewidert mit den Händen in der Luft, „fein und klein und zart und poetisch sein! So ein Schwachsinn! Leute, die was zwischen den Zähnen haben wollen, gehen inzwischen lieber in die Pommesbude, statt zu uns zu kommen, verstehst du? Und Sorglos sieht das nicht! Keiner sieht das!" Grubers Gesicht war rot angelaufen. „Ich werde nie begreifen, wieso man zweihundert Gästen nur Grünzeug vorsetzt und kein Fleisch, wenn sie nicht ausdrücklich vegetarisch ordern. Wenn du mich fragst, dann gibt das nachher noch einen riesigen Zirkus, wart's ab!"

„Dich fragt aber niemand, Gruber. Wenn du nichts zu tun hast, dann geh eine rauchen und halt die Leute nicht von ihrer Arbeit ab, verstanden?"

„Wer hat dich denn hier zum Chef gemacht?" Grubers Stimme klang drohend. „Ich geh jetzt raus, und wenn ich wieder reinkomme, mein Lieber, dann werde ich dir sagen, was du als Nächstes tun kannst, hast du mich verstanden? Und nicht umgekehrt. Ich glaube, ich spinne!" Fluchend verließ er die Küche, und die übrigen Köche taten schnell so, als hätten sie nichts mitbekommen.

Horst zwang sich, tief durchzuatmen. Warum Sorglos Gruber nicht rauswarf, war ihm ein Rätsel. Er war doch sonst nicht so zimperlich, wenn es darum ging, Entscheidungen zu treffen.

Roger saß nun schon seit gut drei Stunden bei Sorglos im Wohnzimmer und las. Ab und zu klingelte das Telefon in der Hotelküche und er gab Horst seine Impressionen durch, weil er seine Begeisterung einfach nicht für sich behalten konnte.

Es war beeindruckend, welche Wirkung der Text des Mädchens auf seinen Sohn hatte, und intuitiv begriff Horst, worauf Roger bei der Zubereitung, Dekoration und Präsentation der Speisen hinaus wollte. Er griff Laras Wunsch auf, das verlorene Paradies ihrer Kindheit, aus dem sie einen mehr als dreihundert Seiten starken Bestseller gemacht hatte, mit allen Sinnen erfahrbar zu machen. Die Gäste der Lesung sollten nicht nur ein Bild bekommen, wie das Romanparadies aussah, sie sollten es riechen und schmecken.

Nach Rogers Auffassung trug jede Zutat, die er beim Kochen verwendete, den Keim für das große harmonische Ganze in sich, eine Harmonie, wie sie nur die Natur zustande bringen konnte, und die sich in filigranen Blüten ebenso spiegelte, wie in zarten Blattspitzen und feinkörnigen Gewürzen, im Fleisch reif duftender Früchte und im Aroma kräftiger Knollen.

Horst spürte, wie ihn Stolz auf seinen Jungen erfüllte. Dieses Gespür konnte ein Koch nicht erlernen, damit musste man geboren worden sein.

Rogers erster Anruf war bereits wenige Minuten, nachdem er Laras Buch aufgeschlagen hatte, gekommen.

„Ich brauche Safran, feine Fäden, jede Menge davon." Horst warf, ohne groß nachzudenken, einem der Lehrlinge, der bereits einen Führerschein besaß, seine Autoschlüssel zu. „Schließ den Wagen ab, wenn du in ein Geschäft gehst, da sind die Geschenke für meine Kinder drin." Um die Klapperkiste machte er sich keine Sorgen. Die hatte ihn gesund nach Hause gebracht, das war mehr gewesen, als er dem Rosthaufen zugetraut hätte. Aber wenn jemand die Pakete für die Zwillinge und Tanja klaute, dann würde es so viel Theater geben, dass er sich wünschen würde, er wäre wieder alleine auf seiner Alm.

Um ihn herum wuselten die übrigen Köche an ihren Stationen. Die Kellner hatten begonnen, die Tische im Saal einzudecken und zu dekorieren. Gleich würden noch die Aushilfskräfte erscheinen und in wenigen Stunden die ersten Gäste.

Horst wusste nicht, ob Lara bereits da war. Sorglos hatte angedeutet, dass er sie abschirmen würde, auch vor Roger. Die jungen Leute würden sich früh genug sehen. Nachher fielen noch die falschen Worte oder es flossen womöglich Tränen. Nein, das Risiko wollte Johannes Sorglos nicht eingehen, und Roger hatte darauf sogar überraschend erwachsen reagiert. Das sei schon in Ordnung, sie hätten sich bald vier Jahre lang nicht gesehen, da käme es auf die paar Stunden auch nicht mehr an.

Weder Horst noch Sorglos kauften ihm die Gelassenheit ab, aber sie berührten das Thema nicht mehr. Die beiden Teenager würden drei Tage miteinander haben für alle Gefühle der Welt. Heute Abend mussten sie jedoch zeigen, dass sie Profis waren, und den Kopf noch für eine kurze Weile über das Herz siegen lassen, egal wie schwer es ihnen fiel. Sorglos war nach der ersten Begegnung zwischen Horst und Roger unglaublich erleichtert gewesen, dass sich in seinem Hotel heute keine Vater-Sohn-Tragödie abspielen würde. Er hatte sich nach ihrer Begrüßung zwischen sie gestellt und jedem eine Hand auf die Schulter gelegt. „Ihr seid einander äußerlich so ähnlich, dass ich gar nicht aufhören kann, euch anzustarren." Er hatte Recht. Roger war Horst wie aus dem Gesicht geschnitten. Nur noch wenige Zentimeter, dann wären sie sogar gleich groß. Horst konnte sich inzwischen gut vorstellen, wie Rogers Wunsch, Koch zu werden, Rita entsetzt haben musste. Was für ein Gefühl musste es wohl für sie gewesen sein, zuzusehen, wie ihr Erstgeborener von Tag zu Tag nicht nur äußerlich immer mehr dem Mann ähnelte, der sie verlassen hatte, sondern auch von seinen Neigungen und Talenten her?

Sorglos hatte ihnen in seiner kleinen Küche eine halbe Stunde unter vier Augen gegönnt. Er war ins Hotel verschwunden, um zu kontrollieren, ob alle Zimmer für die Anreisen, die er heute erwartete, perfekt vorbereitet waren.

„Wie nenn ich dich eigentlich jetzt?", fragte Roger seinen Vater, nachdem Sorglos verschwunden war und er sich ein wenig beruhigt hatte. „Papa oder *Mes Ser*?"

„Dasselbe könnte ich dich auch fragen", antwortete Horst. „Roger oder *Ga Bel*, was ist dir lieber?"

Roger grinste. „*Mes Ser* und *Ga Bel*? Mann, ich komme mir so blöd vor!"

„Du warst nicht blöd. Als wir damit anfingen, warst du sehr einsam und sehr verzweifelt. Ich fand, ein Messer könnte vielleicht am besten zu dir durchdringen. Und ich hatte Recht."

Roger schüttelte den Kopf. „Wie du Mama dazu gebracht hast, mitzuspielen, werde ich nie begreifen. Nie. Die hasst Computer!"

„Da wäre ich nicht so sicher. Wir haben ganz schön viel gechattet im letzten Jahr. Du hattest noch nicht ganz die Tür hinter dir zugezogen, da ging sie online. Wir hatten ja nie viel Zeit, weil ich dann auch arbeiten musste, aber es hat gereicht." Er zwinkerte seinem Sohn verschmitzt zu.

Ja, Rita täglich online zu treffen war der Höhepunkt seines Tages geworden, dort oben auf seiner Schweizer Alm, und er bedauerte es sehr, dass er sie nachts nicht erreichen konnte, wenn Roger sich einloggte. Es gab so viele Gedanken, die ihm während der langen und anstrengenden Schichten durch den Kopf gingen, da wäre es schön gewesen, sie mit ihr zu teilen. Stattdessen war er nachts, wenn er und sein Sohn nach einem langen Tag endlich Feierabend hatten, Vater gewesen. Zwar nur virtuell, aber immerhin.

Es war eine Wonne gewesen, zu sehen, wie Rogers Augen strahlten, als Sorglos ihm Laras Buch in die Hand drückte. Horst erinnerte sich noch ganz genau, wie die schwere Lese- und Rechtschreibschwäche des Jungen ihre Nerven strapaziert hatte. Es gab ja noch drei weitere Kinder, um die sie sich kümmern mussten, und er war Rita keine wirkliche Hilfe gewesen. Im Gegenteil. Statt ein guter Vater zu sein, hatte er schon früh keinen Hehl daraus gemacht, dass er sich mehr und mehr aus dieser Familie ausgeschlossen fühlte, je mehr sich Rita um Roger kümmern musste. Alles hatte sich nur noch um Rogers Probleme in der Schule gedreht, und nichts mehr um ihn. Also begann Horst sich umzuschauen und zwar in der falschen Richtung, und dabei verlor er schließlich ganz die Orientierung. Nichts konnte einem deutlicher vor Augen führen, wie sehr man sich verirrt hatte, als jahrelang dieselben Gipfel der Schweizer Alpen anzustarren. Nichts.

Dass Lara eine fast magische Wirkung auf seinen Sohn hatte, hatte Horst längst begriffen. Aber als er ihn heute Vormittag dabei beobachtet hatte, mit wie viel Freude der Junge in das Buch eingetaucht war, wie flink und sicher seine Augen von Zeile zu Zeile gehuscht waren, da hatte er erst richtig verstanden, dass das, was diese beiden verband, weit über das hinausging, was er über die Liebe wusste.

Er selbst hatte als junger Mann nie über Liebe nachgedacht. Rita war da gewesen, er liebte sie und sie ihn, und – auch wenn es kitschig klang – Roger war wahrscheinlich das Ergebnis ihrer Hochzeitsnacht. Jedenfalls erzählte Rita es immer so.

Als Tanja geboren wurde, war Horst entzückt gewesen, und als die Zwillinge kamen, hätte er am liebsten mit einem seiner Küchenmesser vier dicke Riefen und darunter die Worte: „Alle von mir!" in einen Baum geritzt, so stolz war er gewesen.

Ritas Mutter sprang bei den Kindern mit ein, und alles war anfangs zwar höllisch anstrengend, aber auch irgendwie wunderbar, bis man sie eines Tages zur Schule bestellte und ihnen mitteilte, dass ihr Erstklässler wahrscheinlich eine Sonderschule besuchen müsse.

Die Welt um sie herum zerbrach mit einem Mal in tausend Stücke, und die Scherben bohrten sich wie Glassplitter in ihre Herzen und hörten nicht mehr auf, sie zu verletzen.

Rita saß oft am Küchentisch, wenn er spät heimkam, wie in ihren guten Zeiten, als sie bis tief in die Nacht geredet hatten. Aber dann war sie erst zu müde zum Sprechen und am Ende sogar zu erschöpft zum Streiten gewesen, und auch das hatte er gegen sie ausgelegt, als er Gründe suchte, sie zu verlassen.

Sollte er seinen Sohn warnen, dass die Liebe eine trügerische Sache war? Sollte er ihm einschärfen, dass nichts mehr Glück bereiten konnte, aber auch nichts mehr Schmerz, als die Liebe? Oder sollte er ihm einfach nur sagen, dass er ihn grün und blau prügeln würde, wenn er ihn dabei erwischte, dass er Lara verletzte, nur weil er dieselben Fehler machte, wie sein alter Herr?

Horst schüttelte den Kopf und war augenblicklich mit seinen Gedanken wieder bei der Arbeit. Für das erste Gericht sollten auf einem Teller drei kleine Porzellanlöffelchen liegen, gefüllt mit verschiedenfarbigen Cremes und dekoriert mit kross gebratenen Blättern verschiedener Wildkräuter. Den zweiten Gang sollten kalte Suppenspritzer bilden, serviert in halbierten Pfirsichen und angerichtet auf Brot-Bröckchen mit feinstem Pesto. Einige Köche stritten sich über die Farben der drei verschiedenen Suppen. Offensichtlich war die eine Suppe im Rot nicht so kräftig wie die andere, dafür das Grün der anderen viel blasser als es sein sollte. Andere verzweifelten an den flutschigen Früchten, die ihnen immer wieder von den Tellern rutschten.

Im dritten Gang, dem eigentlichen Hauptgang, gab es feinsten Salat mit in Olivenöl gebackenen Käse-Kräuter-Knödeln und gefüllten Selleriestangen. Dort und beim Dessert kamen auch die filigranen Blüten zum Einsatz, und beim Anrichten der Salatsorten in ihren Schüsselchen sollte sehr viel Wert gelegt werden auf den Farbfächer, den die bunten Salatblätter entfalten würden. Drei exotische, herzhafte Cremes mussten außerdem vorsichtig in die Selleriestangen gespritzt werden.

Jemand fragte nervös: „Was ist denn das hier für eine Blume? Ist die für die Tische oder kommt die auf irgendwas drauf?" Ein anderer rief: „Soll ich von diesem Kraut auch die Stängel nehmen oder nur die Blätter?", und ein Dritter fluchte: „Verdammt, diese blöden Selleries laufen dauernd über!"

Horst sah auf die Uhr. Na gut, es war ja nett von Sorglos, dass er Roger die Ruhe gönnen wollte, sich mit dem Buch auseinanderzusetzen, aber so langsam wurde es Zeit, dass jemand hier mal ein paar Entscheidungen traf. Sollte er vielleicht ...? Er hatte den Roman schließlich auch gelesen. Er hatte sofort verstanden, was Roger plante, nachdem er einen Blick auf das Menü geworfen hatte. Er hätte zwar nie dasselbe Menü vorgeschlagen wie sein experimentierfreudiger Sohn, aber trotzdem wusste er genau, was zu tun war.

Er würde jetzt sofort das Kommando in dieser Küche übernehmen und dem Jungen den Rücken freihalten, koste es, was es wolle. Und wenn Gruber damit ein Problem hatte, dann würde er ihn kennenlernen! Alle Stationen waren im Zeitplan. Alle, bis auf eine, weil Gruber sich einen Dreck um das Dessert scherte. Damit war Schluss! Der Chefkoch des Hotels Sorglos würde sich heute noch Blasen an den

Händen holen vom Rühren der Creme für die zweihundert süßen Portionen, dafür würde Horst sorgen!

Als er mit donnernder Stimme um Aufmerksamkeit bat und Gruber draußen in der Raucherecke vor Schreck die Zigarette aus dem Mundwinkel fiel, gab es für niemanden in der Küche des Hotels Sorglos mehr den leisesten Zweifel, wer ab sofort das Sagen hatte.

***

Oben an der Rezeption kam das Grollen aus der Küche nur als Murmeln an.

Sorglos lehnte sich entspannt zurück und verschränkte zufrieden die Hände vor seinem Bauch.

„Na endlich", seufzte er.

Kapitel 23

Sorglos lässt sich aber nicht lumpen, dachte Rita Roland, als sie vor der Suite stand und sich mit einer raschen Bewegung noch einmal über das elegante schwarze Kleid strich, das sie sich extra für diesen Abend gekauft hatte. Die Kleine übernachtete vornehmer als manch ein Professor, der mit seiner Frau schon seit Jahren ins Hotel kam. Donnerwetter!

Rita war nervös. Sie hatte einen Wagen mit Schweizer Kennzeichen auf dem Parkplatz gesehen und war schnell daran vorbeigelaufen. Sie würde Horst noch früh genug treffen und wollte den ersten Augenblick auf keinen Fall trüben lassen von der Hektik, in der die Küchencrew mit Sicherheit steckte.

Die Lesung würde in einer halben Stunde losgehen und Sorglos hatte sie gebeten, ein wenig früher zu kommen und nach Lara zu sehen. Vorher hatte er aber mit ihr die obligatorische Zigarette geraucht, dieses Mal jedoch in seiner Wohnung. Er wollte sie beruhigen und erzählte ihr von der Begegnung zwischen Roger und seinem Vater. Rita kamen vor lauter Erleichterung die Tränen, und sie konnte nur mit Mühe ihre Schminke in seinem kleinen und auffallend unordentlichen Bad wieder auf Vordermann bringen. Mist, warum hatte sie nicht daran gedacht, wenigstens die Wimperntusche einzupacken? Glaubte sie denn wirklich, dass sie diesen Abend ohne Weinen überstehen würde?

Sie war ja normalerweise nicht so nah am Wasser gebaut, zumindest behauptete sie das seit ein paar Jahren immer stolz von sich, aber in letzter Zeit hatte sich diese Überzeugung als Gerücht entpuppt. War es normal, vor Glück zu heulen? Verdammt. Reiß dich zusammen, du dumme Kuh, schalt sie sich und schüttelte den Kopf. Lara sollte sie doch so nicht sehen!

Rita atmete tief durch und klopfte an die Zimmertür. Ein kurzes Bellen ertönte, dann öffnete sich die Tür und eine etwa sechzigjährige, streng aussehende Fremde sah sie neugierig an.

„Ja, bitte?"

„Ich möchte zu Lara Valentin."

„Oh, ich befürchte, da müssen Sie leider bis nach der Lesung warten. Die Autorin macht sich noch zurecht."

„Ich bin kein Gast. Ich bin Rogers Mutter."

„Wer ist Roger?" Rita sah, wie sie von Kopf bis Fuß gemustert wurde.

„Könnte ich bitte Lara sprechen? Wir kennen uns von früher."

„Ich bedaure, aber ..."

Rita war es leid. „Lara?", rief sie laut und energisch und hörte, wie ein Hund knurrte und wie jemand aus dem Bad kam und leise „Safran, aus!" murmelte.

„Hören Sie, das geht jetzt aber wirklich zu weit!"

„Lara? Hier ist Rita Roland. Komm zur Tür und lass mich rein."

„Frau Roland?" Lara schob sich schnell an ihrer Lektorin vorbei, riss die Tür auf und starrte sie mit weit aufgerissenen Augen an. „Frau Roland!" Ehe Rita sich versah, hielt sie eine zitternde und schluchzende Siebzehnjährige im Arm. Am Fenster stand eine sehr verunsicherte, aber bildhübsche große Hündin und wartete auf einen Hinweis, ob sie nun angreifen oder sich verstecken sollte. Lara ließ Rita los und ging zu dem Tier. „Alles ist gut, alles ist endlich gut", murmelte sie. Dann kramte sie aus der Tasche ihrer eleganten schwarzen Hose ein Taschentuch und schnäuzte sich.

„Oh Gott, da sehen Sie, was Sie angerichtet haben! Die Lesung ist in ..."

„Lassen Sie mich ins Zimmer." Rita drängte sich an der Fremden vorbei. Dann drehte sie sich um und funkelte die Verlagsmitarbeiterin an.

„Sie haben ganz sicher eine sehr, sehr wichtige Aufgabe, nämlich dieses Kind vor Stalkern und Irren zu schützen, aber ich kann Ihnen versichern, ich bin weder das eine noch das andere. So. Und nun fangen wir bitte noch einmal von vorne an, ja?" Sie streckte ihre Hand aus und hielt sie der irritierten Dame hin. „Guten Tag, ich bin Rita Roland. Und wer sind Sie?"

„Jungschütz. Leonore Jungschütz. Tut mir leid, Frau Roland, aber ich habe Anweisungen von den Eltern der Autorin ..."

„Papperlapapp. Kennen Sie die Eltern der Autorin?"

„Nein, leider nur vom Telefon. Aber ich habe Vollmachten und ..."

„So wird das nichts mit uns beiden. Tut mir leid. Warten wir doch einfach, bis Lara es Ihnen persönlich erklärt, ja? Bis dahin sehen Sie in mir doch einfach Laras zukünftige ..."

„Journalistin!", platze Lara heraus. „Rita Roland ist Journalistin der hiesigen Zeitung, eine alte Freundin meiner Familie und die wichtigste Tierschützerin der Stadt."

Rita fing Laras flehentlichen Blick und ihr kurzes Kopfschütteln auf, runzelte die Stirn und räusperte sich. Dann sah sie die Lektorin an, die inzwischen mit verschränkten

Armen vor ihr stand, jeden Augenblick bereit, sich das Vertrauen von Laras Eltern redlich zu verdienen und sie hinauszuwerfen.

„Ja, hatte ich das nicht gesagt? Ich bin nicht nur eine alte Freundin, sondern auch Journalistin und zukünftige … Botschafterin für Straßenhunde in dieser Stadt", stammelte sich Rita durch ihren fiktiven Lebenslauf.

Die Lektorin stutzte. „Es gibt Straßenhunde in dieser Stadt? Wirklich? Meine Güte, das sieht hier alles so gut gepflegt und wohlhabend aus."

„Die Wohlhabenden sind die größten Verbrecher." Rita sah wieder Lara an, die die Anspielung auf ihre Eltern verstanden hatte und grinsen musste. Meine Güte, war die Kleine hübsch geworden!

„Lara, komm, mach dich fertig", mischte sich die Lektorin ein und zeigte aufs Bad. „Wir müssen in ein paar Minuten runter."

„Warte, Lara, ich komm mit. Ich muss mir deinen Mascara mal ausleihen." Rita warf Frau Jungschütz einen Blick zu, der, so hoffte sie, „Wag es ja nicht!" sagte.

Mit einem sehr mädchenhaften Augenaufschlag, der ihre Zwangsgouvernante offenbar beruhigen sollte, und nachdem sie Safran zu sich gerufen hatte, schloss Lara die Badezimmertür von innen.

„Ich bin so froh, dass Sie hier sind, Frau Roland!", flüsterte sie.

„Nenn mich Rita, Kind. Ja, und ich bin froh, dass du heile hier angekommen bist. Warum muss ich eine Tierschützerin spielen? Und warum flüstere ich?"

„Meine Eltern haben mir erlaubt, alleine zu reisen, wenn ich als Botschafterin des Vereins auftrete und Pressearbeit für sie mache. Wenn ich mich zu sehr privat amüsiere, schickt mir mein Vater seinen Freund Mark hinterher."

„Den Fotografen?"

„Ja, genau den. Woher wissen Sie das?"

„Von Horst."

„Ah ja, der falsche *Fiffikuss*."

„Nimm es uns nicht übel. Ich erkläre dir alles später. Jetzt wollen wir uns hübsch machen, und runtergehen und dafür sorgen, dass deine Lesung eine Sensation wird. Ich kümmere mich um Frau Jungschütz. Ich werde sie so umschmeicheln, dass sie deinen Eltern nur das Beste berichtet. Einverstanden?"

„Ist Roger hier?"

„Das will ich wohl hoffen. Er ist in der Küche. Komm, denk jetzt nur noch daran, dass du gleich aus deinem wunderbaren Buch lesen wirst. Horst hat mir alles darüber erzählt. Ich bin sehr stolz auf dich!"

Rita nahm das Mädchen in den Arm und spürte, wie eine Welle der Rührung drohte, sie erneut mitzureißen. Sie räusperte sich. „Wenn ich jetzt nicht dafür sorge, dass die Heulerei aufhört, dann wird mich *meine* Liebe heute Abend sicher nicht mehr anschauen wollen." Rita hatte instinktiv das Wörtchen *meine* betont und Lara errötete bis in die Haarspitzen. Verlegen krault sie Safrans wunderschönes Fell.

Rita ging zum Spiegel und begann sich herzurichten. „Schönes Tier. Wie heißt sie? Safran?"

„Ja."

Ritas Spiegelbild schaute Lara direkt an. „Lara, alles wird gut. Glaub mir. Und versprich mir eins, ja?"

„Alles, Rita!"

„Wenn das mit dir und Roger klappt, dann sucht euch bitte, bitte ein neues Hobby, ja? Sonst heißen am Ende noch eure Kinder wie die Gewürze in meinem Küchenschrank."

Lara lachte laut und herzhaft und verließ mit ihr so strahlend das Bad, dass Frau Jungschütz beruhigt nickte. Safran klebte beinahe an Laras Bein und folgte ohne Leine auf den Fuß, als sie gemeinsam die Suite verließen.

Es war so weit. Rita atmete tief durch. Sie warf der Lektorin einen versöhnlichen Blick zu. „Sie machen Ihren Job gut", sagte sie.

Die Lektorin nickte selbstbewusst und schien sich ein Lächeln kaum verkneifen zu können. „Und Sie sind eine lausige Lügnerin. Zukünftige Botschafterin für Straßenhunde? Kommen Sie bloß nie auf die Idee zu schreiben!"

„Darauf kann ich sogar einen Eid leisten", versprach Rita und seufzte. Eine Autorin in der Familie reichte.

Kapitel 24

Johannes Sorglos schmerzte das Gesicht. Er hatte gelächelt und Hände geschüttelt. Zweihundertmal. Und nicht eine einzige Hand hatte jemandem aus der Stadt gehört. Mist!

„Herzlich willkommen in unserem Haus. Schön, dass Sie gekommen sind. Guten Abend! Herzlich willkommen! Ja, geradeaus und dann die Treppe hinunter. Unten nimmt Ihnen jemand den Mantel ab. Guten Abend. Schön, dass Sie gekommen sind!"

Mensch, wenn einer der Kollegen hätte sehen können, wer hier in eleganter Abendgarderobe durch die Drehtür seines Hotels geschwebt war! Nicht, dass er auch nur einen einzigen Gast erkannt hätte, nein, aber das hieß ja nichts, oder? Die Prominenten sahen im wirklichen Leben doch nie so aus, wie man sie aus der Zeitung oder aus dem Fernsehen kannte. Wie oft hatte er schon gestutzt, wenn er einen bekannten Namen auf der Gästeliste entdeckt hatte, und dann hatte er beim Ein- oder Auschecken vor einem Politiker oder einer berühmten Sportlerin gestanden und amüsiert festgestellt, dass sie - wie er selbst - Lesebrillen aufsetzen mussten, um die kleine Schrift der Formulare zu entziffern, die er ihnen höflich vorlegte. Und ihre Manieren erst! Der eine verteilte Chipskrümmel im ganzen Zimmer, der andere hatte keine Ahnung, wozu es Klobürsten gab, der nächste wischte sich die Schuhe mit dem Waschlappen sauber und selbst die bekanntesten Damen schienen sich lieber mithilfe eines weichen, sauberen Frotteetuchs abzuschminken, als mit den bereitgestellten Kosmetiktüchern. Nein, nein, ihn konnte man mit feiner Garderobe, einem Doktortitel oder Häusern in Dubai nicht blenden, auch wenn im Hotel das Gerücht ging, berühmte Menschen würden ihn nervös machen. Völliger Blödsinn. Unterm Strich waren sie alle gleich, alle gingen auf dem Klo in die Hocke, wie seine Mutter früher immer gesagt hatte.

Sorglos sah sich im Saal um. Die Gäste saßen an den farbenfroh dekorierten Tischen, die Kellner eilten aufmerksam zwischen ihnen hin und her, und Sorglos nahm erfreut zur Kenntnis, dass viele Gäste die erlesene Weinkarte, die er extra für diesen Abend geschrieben hatte, durchaus zu schätzen wussten.

Sorglos verstand nichts vom Buchgeschäft, auch wenn er sich gerne ein wenig mit der Bücherecke in seinem Foyer schmückte. Im Vergleich zu dem, was seine Mitbewerber ihren Gästen an Lektüre anboten, konnte Sorglos von einer kleinen Bibliothek sprechen, die er liebevoll pflegte. Na gut, nicht er persönlich, sondern eine der Zimmerdamen, aber das ging ja niemanden etwas an, oder?

Dass die Gäste nicht nur wegen Lara gekommen waren, sondern auch, weil der Verlag irgendein Jubiläum feierte, war ihm natürlich klar, deshalb hatten sie ja auch so einen Wert darauf gelegt, dass es eine geschlossene Gesellschaft sein sollte. Dennoch, die Atmosphäre im Saal wirkte auf Sorglos irgendwie erhaben, und es war ihm vollkommen wurscht, wer gleich wen in Reden hochleben lassen würde, für ihn war Lara Valentin der Star des Abends.

Sorglos sah auf die Uhr. Gleich würde der Herr Verleger persönlich das Mikrofon ergreifen, seine Gäste begrüßen und den formellen Teil des Abends, das hatte er Sorglos versichert, in einer Viertelstunde abwickeln. Der Herr Direktor habe nur dafür zu sorgen, dass Lara pünktlich bereitstünde, um Platz zu nehmen an dem kleinen Tisch auf der Bühne.

Sorglos hatte schon vor Jahren viel Geld in die Technik dieses Saals investiert, und das hatte sich mehr als rentiert. Sein Hotel war das einzige im Ort, das über eine Bühne und die notwendige Bühnenbeleuchtung verfügte, und sie hatten am Nachmittag noch ausprobiert, ob das Licht des Strahlers wirklich so eingestellt war, dass es die Autorin hübsch ausleuchten würde, ohne sie zu blenden.

Noch zwei Minuten, dann würde es losgehen. Sorglos sah nervös zur Tür. Es war besprochen, dass Lara nach der offiziellen Rede ihres Verlegers mit ihrer Lektorin die Bühne betreten würde, und dass diese ein paar Worte zu der blutjungen Debütantin und ihrem Buch sagen würde. Dann würde Sorglos das Licht dimmen, und damit erstarb erfahrungsgemäß auch das letzte Flüstern im Raum.

Das Mikrofon war genau so ausgerichtet, dass es Laras Stimme bis in den letzten Winkel des großen Raumes tragen würde. Wenn sie nur nicht die Nerven verlor und die Kontrolle über ihre Sprache! Sorglos erwischte sich dabei, wie er nervös auf seiner Unterlippe kaute. Wenn nur Roger nicht in der Küche bleiben müsste, sondern hier sein könnte, hier bei Lara im Saal!

Sorglos fing den Blick eines Kellners auf und winkte ihn unauffällig zu sich. „Besorgen Sie mir noch einen Stuhl. Und stellen Sie ihn da hin." Er zeigte auf einen freien Platz an der hinteren Wand des Saals, genau gegenüber Laras Platz auf der Bühne.

„Herr Direktor?"

„Sie haben mich richtig verstanden, Mann. Los, besorgen

Sie mir den Stuhl, ja? Schnell, es geht sicher gleich los!"

Sorglos sah dem Mitarbeiter hinterher und schüttelte den Kopf. Seit wann bezahlte er die Leute eigentlich dafür, dass sie seine Anweisungen in Frage stellten?

Er würde den Stuhl genau hierhin stellen. Sorglos schob sich unauffällig an der Wand entlang, lächelte den Gästen an den beiden Tischen, zwischen denen er Roger platzieren würde, höflich zu und verschränkte die Hände hinter dem Rücken. Wenn der Junge gleich käme, und er würde dafür sorgen, dass er kam, dann säße er hier genau in Laras Blickrichtung.

Mist! Lara würde dort oben in ihrem Lichtkegel die Zuhörer unter ihr nur als dunkle Masse wahrnehmen. Sorglos hatte in seinem Leben oft vor Menschen gesprochen, er hatte auch schon auf dieser Bühne gestanden, und er wusste genau, dass sie nichts, aber auch gar nichts erkennen würde. Es sei denn, er sorgte dafür, dass Roger auffiel.

Verdammt, gab es hier nicht irgendwo noch einen Strahler, den man auf den Stuhl ausrichten könnte? Egal, dazu war es jetzt ohnehin zu spät.

Sollte er vielleicht noch schnell die großen Kerzenleuchter hereinschleppen und rechts und links neben Rogers Stuhl aufbauen lassen? Blödsinn, das sähe wirklich zu bescheuert aus.

Und was, wenn er das Licht im Saal nicht ganz so stark dimmen würde? Roger wusste ja noch gar nicht, dass Sorglos ihn gleich holen würde und käme eh erst rein, wenn die Lesung schon dran wäre. Jeder würde aufschauen und sich fragen, welcher Ignorant denn da wohl störte. Jeder würde Roger ansehen, und sicher Lara auch. Darum ging es doch. Lara musste wissen, dass sie Roger beim Lesen in die Augen schauen konnte, wie früher, wenn sie im Foyer an dem kleinen Tisch zusammengehockt hatten. Dann würde sie die Leute um sich herum vergessen und alles würde gut gehen.

Sorglos erschrak. Applaus brandete auf, als sich der Verleger auf die Bühne begab und das Mikrofon ergriff. Mist! Wo blieb denn der Stuhl?

Sorglos sah sich unruhig um und war sich plötzlich sehr bewusst, dass er als Einziger außer dem Redner, der sich freundlich für die nette Begrüßung bedankte, stand. Einige Gäste schauten irritiert zwischen ihm und der Bühne hin und her, aber Sorglos tat so, als sei es vollkommen normal, dass der Direktor des Hotels bei der Eröffnung einer Veranstaltung aufmerksam an der hinteren Wand des Saals lehnte.

„Verzeihung, darf ich bitte mal? Danke. Verzeihung, ja, noch ein wenig mehr nach vorne rücken, ja, so geht es. Tut mir leid!" Sorglos spürte, wie seine Hände sich verkrampften. Morgen würde er mit seinen Mitarbeitern das Flüstern üben. Sie waren doch hier nicht auf dem Fußballplatz! Meine Güte, konnte der Mann nicht etwas leiser sprechen?

„Geben Sie her und machen Sie, dass Sie rauskommen", zischte Sorglos, griff den Stuhl, stellte ihn in die Position, die ihm vorschwebte und setzte sich. Oh ja, Lara würde Roger hier gut erkennen können. Sehr gut sogar. Vielleicht ein wenig zu gut? Auf jeden Fall hatte der Verleger da vorne offensichtlich Probleme damit, wen er eigentlich ansehen sollte, das Publikum oder den Hotelchef. Routiniert baute er ein Kompliment für das Hotel in seine kleine Ansprache ein und wieder applaudierte das Publikum, nicht jedoch, ohne dass zweihundert Augenpaare der Geste des Redners folgten und sich nach Direktor Sorglos umdrehten.

Verflixt noch mal, warum konnte er nicht einfach davon

ausgehen, dass Lara die Sache im Griff hatte und nicht plötzlich wieder, wie beim letzten Telefonat, stotterte?

Johannes Sorglos warf einen Blick auf seine Uhr. Nur noch ein paar Minuten, dann käme die Autorin. Und Roger schälte Zwiebeln oder sonst was in der Küche! Verdammt! Wie sollte er ihn jetzt noch holen und hier in den Saal kriegen?

Sorglos spürte, wie sich ihm vor Verzweiflung langsam die Nackenhaare aufstellten. Das hatte er nicht gut eingefädelt. Ganz und gar nicht. Im Gegenteil, das hier war so ziemlich die am schlechtesten eingefädelte kleine Aktion, die er sich in den letzten vierzig Jahren geleistet hatte.

Sorglos schloss die Augen und schüttelte den Kopf. Wenn nicht ein Wunder geschah, dann würde er jetzt für neunzig Minuten auf diesem Stuhl sitzen bleiben müssen, um sich keine Blöße zu geben, während draußen in seinem Betrieb weiß Gott was alles drunter und drüber ging. Verdammt, dachte Sorglos. Verdammt.

Kapitel 25

„Mach voran!" Horst Roland warf Gruber einen Blick zu, der keinen Widerspruch duldete. „Die sind gleich so weit."

„Wir sind ja fast fertig, jetzt beruhige dich mal, ja?" Gruber beugte sich konzentriert und mit hochrotem Kopf über die letzten kleinen Gläschen und füllte mit zittriger Hand die Reste der feinen Orangencreme hinein. Glas für Glas wurde anschließend von den Köchen auf einen der vielen Teller gestellt und dort dekoriert. Die Kellner standen bereit und sahen immer wieder zur Schwingtür. Einer ihrer Kollegen lauschte an der anderen Seite des Restaurants an der spaltbreit geöffneten Tür des Saals auf den Schlussapplaus, das Zeichen, das es Zeit sei, den letzten Gang zu servieren.

Das Dessert, das für Lara vorgesehen war, stand fix und fertig dekoriert mitten auf der Arbeitsplatte, und hatte zweihundertmal als Vorlage für die delikate Nachspeise gedient. Das Muster der Safranfäden, die auf den Untertellern wie ein feines Netz über ein Bett aus Kokosschaum gelegt werden mussten, war nämlich nicht willkürlich und Horst hatte darauf bestanden, dass alle versuchten, es so präzise wie möglich nachzubilden.

Gruber hatte sich redlich geschlagen, buchstäblich, das konnte Horst nicht anders sagen, und die Köche, die noch die Safrannetze woben, arbeiteten hoch konzentriert und mit zusammengepressten Lippen.

Horst sah sich in der Küche um. Das Chaos war überschaubar, ein paar Aushilfen klapperten in der Spülküche mit Geschirr, ansonsten war es auffallend ruhig. Das wäre ja noch schöner gewesen, wenn Lärm aus der Küche Laras feine Stimme, die die Lautsprecheranlage nur gedämpft zu ihm trug, stören würde.

Horst war eben wieder für eine Weile im Saal geblieben, ganz hinten, und hatte seinen Jungen beobachtet. Was gäbe er nicht dafür, noch einmal siebzehn zu sein? Er hatte kaum den Blick von seinem Sohn lassen können, der wie hypnotisiert Lara angeschaut hatte und dessen Lippen ihre Worte nachformten, so als kenne er das Buch auswendig. Der Junge hatte schon immer ein phänomenales Gedächtnis gehabt.

Noch mehr berührt hatte ihn jedoch das spürbare Netz aus Liebe, das Lara mit ihren klaren, schönen Worten und mit jedem Blick auf den jungen Mann auf seinem einsamen Stuhl am anderen Ende des Saals sponn. Keiner der beiden hätte es bemerkt, wenn die Zuschauer mit einem Mal verschwunden wären. Lara las ausschließlich für Roger und Roger war der Einzige im Saal, der wirklich verstand, was sie sagte.

Horst konnte sich einen Seufzer der Erleichterung nicht verkneifen. Es gab in den letzten Jahren nicht viele Entscheidungen, auf die er stolz war, aber heute hatte er eine Menge wieder gutgemacht.

Roger war irgendwann aus Sorglos' Wohnung gekommen, hatte Laras Buch auf die geräumige Fensterbank der Küche gestellt, sich umgezogen und war dann in seiner blitzsauberen Kochjacke wieder zu ihnen gestoßen. Horst beobachtete, wie augenblicklich ein ehrfürchtiges Schweigen die übrigen Köche ergriff. Alle Augen waren auf Roger gerichtet, selbst Grubers, und Horst erkannte in den Blicken des Hotelpersonals etwas, was er nur mit dem Wort *Ehrfurcht* umschreiben konnte. Die Aushilfsköche benötigten einen Moment länger, um zu begreifen, dass mit Roger jemand die Küche betreten hatte, dem selbst der neue Chef – Horst wusste, dass sie ihn damit meinten – bereit war, zu folgen.

Roger ging von Station zu Station, hoch konzentriert, schaute in alle Töpfe, probierte alles und gab letzte Anweisungen. Dann schaffte es sein sonst so schweigsames Kind, die ganze Mannschaft in seinen Bann zu ziehen.

„Ihr wisst, was auf dem Spiel steht. Die Autorin erwartet von uns, dass wir die Sinne der Zuhörer verzaubern. Sie wird sie beim Lesen in ein Tal voller Schönheit führen. Ihre Romanhelden entdecken dort ihre eigenen Kräfte. Das Tal ist lebendig und grün und wir beginnen beim ersten Gang mit einer Kreation von ungewöhnlichen Kräutercremes", er zeigte auf die Porzellanlöffel, die Horst angerichtet hatte, „mit kross gebackenen filigranen Blättern verschiedener Pflanzen, die mal angenehm mild, mal von überraschender Schärfe sind. Wie das Leben selbst."

Die Köche und selbst die Kellner, die inzwischen dazu gekommen waren, hörten aufmerksam zu. „Je mehr die Romanfiguren das Leben im Tal meistern lernen, desto tiefer tauchen sie ein in dessen Magie. Sie lernen, die Reichtümer der Natur zu nutzen. Sie erleben Momente von kräftiger Frische und kühler Erholung." Er deutete auf einen Teller mit halbierten Früchten. In jeder Frucht schimmerte eine kalte, farbige Flüssigkeit. „Sie produzieren das, was sie zum Leben brauchen, selbst. Und sie genießen es." Er tunkte grinsend ein Brot-Bröckchen in das Pesto und schob es in seinen Mund. Alle hielten den Atem an.

„Im Laufe der Jahre entfalten sie sich und ihre Fähigkeiten." Roger hob ein Schüsselchen mit den sorgfältig aufgefächerten, fein zugeschnittenen Salatblättern hoch, die sich wie zwei geöffnete Hände um herzhaft duftende, krosse Käse-Kräuter-Kügelchen wölbten. „Sie lernen die Natur auf sanfte Art zu beherrschen, sie werden erwachsen und reif, sie begreifen, wie sie das Beste nehmen und geben können. Sie lieben ihr Leben." Roger nahm eine der mit herzhafter Creme gefüllten, fingerlangen Selleriestangenstücke, schloss die Augen, lehnte den Kopf zurück und saugte genussvoll daran. Dann zwinkerte er den Mitarbeitern verschwörerisch zu: „Und sie fassen einen Plan!"

Er drehte sich um und suchte den Teller mit dem Dessert, den Horst erst vor wenigen Minuten fertig dekoriert hatte. Roger warf einen kurzen Blick darauf, dann nahm er sich einen neuen Teller, ließ einen Löffel Kokosschaum darauf laufen, füllte mit einer raschen Handbewegung ein leeres Gläschen mit Creme und stellte es mitten in das Schaumbett. Vorsichtig hob er mit den Fingerspitzen Safranfäden aus einer Schüssel und begann, zügig das filigrane Netz zu spinnen, das ihm für den letzten Akt vorschwebte. Federleicht legten sich die roten Fäden auf den weißen Schaum.

„Als sie das Tal verlassen, wissen sie um ihre Schwächen und um ihre Stärken." Er zeigte erst auf die Safranfäden und dann auf die feste Schaummasse. „Sie nehmen eine Vision dessen, was möglich ist, in die Welt außerhalb des Tales mit, die in Trümmern liegt. Sie werden säen", er legte vorsichtig drei große Sonnenblumenkerne auf die Orangencreme, „und sie werden ernten." Behutsam pflückte er eine orangefarbene Blüte und legte sie als Letztes oben auf die Samen. „Und sie werden das Paradies neu erschaffen."

Einen Augenblick lang hielten seine Zuhörer die Luft an, dann nickten sie. Horst spürte sofort, dass sie seinen Sohn verstanden hatten.

Dann hatte Roger in die Hände geklatscht: „Auf geht's, Leute!" Innerhalb von Sekunden war der Raum wieder das geworden, was er sein sollte, eine vor Betriebsamkeit brummende Küche. Rogers Küche.

Roger atmete auf und sah ihn an. Horst bat ihn mit einer stummen Kopfbewegung, ihm in den Lichthof zu folgen.

„Ja?"

„Gut gemacht. Sie sind jetzt im Bilde. Du kannst dich umziehen gehen."

„Was?"

„Geh dich umziehen. Ich mache hier weiter."

„Kommt nicht infrage."

„Oh doch, Roger, und ob das infrage kommt." Horst schaute auf seine Uhr. „Die ersten Gäste sind schon da, aber vor Laras Auftritt redet noch jemand fünfzehn Minuten, das gibt dir alles in allem eine halbe Stunde Zeit. Deine Mutter müsste oben bei Lara sein."

„Mama ist bei Lara?"

„Natürlich. Hier hast du meine Zimmerkarte. Geh dich frisch machen. Aber wühl nicht in meinem Gepäck. Ich habe eben noch alles aufs Zimmer gebracht, und da liegen jetzt eure Weihnachtsgeschenke herum, also halte die Nase aus meinen Sachen raus, sonst kriegst du nichts, verstanden?"

Roger senkte den Kopf und starrte intensiv seine Schuhe an. Als er ihn wieder ansah, entdeckte Horst einen Anflug von Panik in den Augen seines Sohnes.

„Schau nicht so. Mama hat gesagt, ich könne bleiben. Aber sie überlegt sich das bestimmt noch mal, wenn ich nicht dafür sorge, dass du gleich bei der Lesung im Saal bist, und das willst du doch nicht, oder?"

Roger lächelte. „Nein, das will ich nicht, Papa."

„Na siehst du. Dusch dich. Du riechst etwas ... verbraucht."

Irritiert drückte Roger die Nase in seine Achshöhle und schnupperte. „Ehrlich? Dann muss ich nach Hause, ich habe hier nichts zum Wechseln."

„Doch, hast du. Deine Mutter hat gemeint, du sollst nachher schick aussehen. Guck nicht so! Das war ihre Idee, nicht meine! Die Tüte mit deinen Sachen steht an der Rezeption."

„Ihr seid verrückt." Roger schüttelte den Kopf, aber Horst spürte, wie sein Sohn vor Vorfreude zu zittern begann.

„Nun lauf endlich. Ich sorge dafür, dass Gruber nicht einschläft und die Jungs in der Küche deine Kreationen nicht ruinieren. Wir sind gut in der Zeit, mach dir keine Sorgen. Ich bring die Teller für Lara selbst rein. Du hältst dich zurück, verstanden?"

„Aber ich dachte, ich sollte ..."

„Solltest du auch, aber schau dir mal an, wie du flatterst. Meinst du, ich will danebenstehen, wenn du dir vor lauter Nervosität Laras Essen übers Hemd kippst? Deine Mutter würde mich lynchen!"

Horst bemerkte, dass Roger eine Frage auf der Zunge brannte, aber er hatte Spaß daran, ihn zappeln zu lassen. Das Geheimnis darum, wie es zwischen seinen Eltern wirklich stand, durfte ihn gerne noch ein paar Stunden nervös machen. Einen Vorteil musste es schließlich haben, der Vater zu sein, hatte Horst innerlich geschmunzelt und seinen Sohn zur Tür geschoben. „Wenn du noch länger trödelst, dann läufst du Lara gleich im Hotelflur in die Arme, und das willst du doch nicht, oder?"

„Danke!", sagte Roger und eilte los.

Horst sah ihm einen Augenblick hinterher. „Jetzt hast du dein Glück selbst in der Hand, Junge", murmelte er und ging zurück in die Küche, wo Gruber sich erschrak, als er ihn kommen sah.

Bisher war alles hervorragend gelaufen, die Gäste schienen zufrieden, das Essen schmeckte ihnen, die Autorin las hervorragend, selbst Sorglos hatte sich wieder beruhigt. Als Roger zaghaft in den Saal geschlüpft war, hatte Lara bereits begonnen. Sorglos war aufgesprungen und hatte Roger offensichtlich sehr eindeutig zu verstehen gegeben, wohin er sich zu setzen hatte. Dann war er in die Küche gestürmt und hatte ihm so heftig auf die Schulter geklopft, dass er sich erschreckt hatte.

„Deine Idee, Roger rein zu schicken?"

„Natürlich, wessen denn sonst?" Horst hatte Rita aus dem Spiel gelassen.

Rita.

Sie sah blendend aus, unglaublich gut. Wie hatte er nur eine so schöne Frau je verlassen können? Er hatte sie im Saal gesucht, als er schweigend wartete, während die Kellner in dem dämmerigen Raum so unauffällig wie möglich den ersten Gang servierten. Lara ließ sich nicht irritieren, sie las einfach weiter, obwohl manche Gäste zögerten, ob sie ihre Vorspeise überhaupt anrühren dürften. Als Horst persönlich Lara ihren Teller auf den kleinen Tisch, brachte sie das Publikum zum Lachen: „Meine Damen und Herren, essen Sie bitte, während ich lese. So gehört das nämlich zusammen."

Als er die drei Stufen von der Bühne hinabstieg, entdeckte er Rita endlich an einem der vordersten Tische. Sie sahen sich an, er lächelte, und sie erwiderte sein Lächeln so strahlend, dass Horst um ein Haar zum Tisch gegangen wäre, um sie vor allen anderen Gästen einfach in den Arm zu nehmen und zu küssen. Aber sie waren keine siebzehn mehr. Sie hatten so lange aufeinander verzichtet, da kam es auf die letzten anderthalb Stunden auch nicht mehr an.

Horst hatte an Ritas Lächeln erkannt, dass sie dasselbe dachte. Dieser Abend gehörte erst den Kindern. Und dann ihnen.

Kapitel 26

Rita hielt die Luft an, als Sorglos hinten im Saal für Tumult sorgte.

Lara hatte gerade angefangen zu lesen. Sie hielt inne und blickte auf. Schweigend beobachtete sie, wie Sorglos den sich verlegen wehrenden Roger vor sich her schob und vergeblich versuchte, ihn auf den freien Stuhl zwischen den Tischreihen zu drücken.

Das Publikum war ein wenig unruhig geworden. Frau Jungschütz wurde wütend. „Das kann doch jetzt nicht wahr sein!", murmelte sie und wollte aufstehen. Rita griff nach ihrem Arm und zischte leise aber energisch „Hinsetzen!". Verblüfft und ein wenig irritiert fügte sich die Lektorin, ließ ihren Schützling auf der Bühne aber nicht einen Augenblick aus den Augen.

Das Lächeln, das sich plötzlich über Laras Gesicht ausgebreitet hatte, war bezaubernd gewesen. Rita hatte die Luft angehalten und ihrem Sohn, der wie vom Donner gerührt regungslos stehen geblieben war, einen raschen Blick zugeworfen. „Setz dich, Junge!", flüsterte sie, aber sie saß viel zu weit vorne, als dass er sie hätte hören können.

Rita wusste, dass sie niemals vergessen würde, wie das Mädchen ihr Buch aus der Hand gelegt hatte, ihrer Hündin, die neben ihrem Stuhl lag und aufmerksam die vielen Fremden im Saal beobachtete, ein kurzes „Komm mit" zugeraunt hatte und mit dem Tier an ihrer Seite langsam von der Bühne herabgestiegen und auf Roger zugegangen war.

Im Saal hätte man eine Stecknadel fallen hören können, so leise war es. Wie aus weiter Ferne konnte man das Klappern von Geschirr aus der Spülküche hören, aber Laras Absätze auf dem Parkett und das entspannte Klack-Klack der vier Pfoten ihres Hundes zogen wie ein ruhiger Herzschlag das Publikum in seinen Bann. Zweihundert Augenpaare folgten der hübschen jungen Frau und ihrer schlanken, langbeinigen Hündin, als sie ruhig auf Roger zugingen, der sich noch immer nicht gerührt hatte.

Als Lara Roger erreichte, ergriff sie seine Hände und sah ihm lange und still in die Augen. Dann erwachte Roger endlich aus seiner Trance, nahm sie in den Arm und küsste sie unter dem donnernden Applaus der Gäste und vereinzelten *Bravo!*-Rufen. Rita konnte nachher nicht mehr mit Bestimmtheit sagen, ob sie selbst mit dem begeisterten Geklatsche begonnen hatte oder irgendjemand anderer. Meine Güte, wie sie sich für die beiden freute!

Lara und Roger lösten sich schließlich nach einer kleinen Ewigkeit voneinander und lachten, dann führte Roger Lara zurück zur Bühne, wo sie mit dem nächsten Applaus empfangen wurde.

Safran, die treue Seele, folgte den beiden so gelassen, als sei sie es gewöhnt, bejubelt zu werden. Als Roger sich wieder auf den Weg zu seinem Stuhl machte, schaute er die Hündin kurz an und sagte: „Komm mit, Safran, wir schauen uns das von hinten an." Als habe sie nichts anderes erwartet, folgte das edle Tier Roger anstandslos und legte sich mit einem Seufzer schließlich vor seine Füße.

Lara nahm ihr Buch wieder in die Hand, konzentrierte sich kurz und lächelte dann ins Publikum. „Wenn Sie jetzt auch jemanden küssen möchten, dann tun Sie das ruhig!" Das Mädchen erntete zweihundert Lacher, dann las sie dort weiter, wo sie wenige Minuten zuvor unterbrochen hatte, und bald hatte sie ihre Zuhörer wieder so in den Bann gezogen, als sei nichts geschehen.

Rita drehte sich noch einmal um und versuchte herauszufinden, wie es Roger ging, aber sie konnte bei dem Licht nicht erkennen, ob es Tränen waren, die er sich unauffällig mit dem Handrücken aus dem Gesicht wischte, oder ob ihm vielleicht nur ein paar seiner langen, dunklen Haare zu weit in die Stirn gerutscht waren.

Dann war ihr die Lektorin wieder eingefallen, und sie hatte ihr rasch einen entschuldigenden Blick zugeworfen. „Sorry! Ging eben nicht anders!"

„Roger?", fragte Frau Jungschütz nur leise und mit hochgezogenen Augenbrauen.

„Ja."

„Wichtiger Tierschützer?"

„Absolut!"

Laras Anstandsdame spitzte mit einem Schmunzeln die Lippen. „Na, dann ist das ja im Sinne ihrer Eltern und keiner Rede wert, denke ich."

„Nein."

„Dachte ich es mir doch."

Eine Dame an einem der anderen Tische drehte sich empört zu ihnen um und flüsterte heftig „Pssst!", und Rita und die Lektorin warfen sich einen kurzen, amüsierten Blick zu. Doch, sie verstanden sich gut, fand Rita, und konzentrierte sich erleichtert wieder auf Lara, die inzwischen nicht mehr nur vorlas, sondern mit geradezu schlafwandlerischer Sicherheit lange Szenen auswendig aus ihrem Buch vorzutragen begonnen hatte, so als sei sie eine Schauspielerin, die die Rolle ihres Lebens spielte.

Rita schüttelte zum wiederholten Mal unbewusst und voller Bewunderung den Kopf. Das hier war keine Lesung, das war eine der beeindruckendsten Vorstellungen, die sie je erlebt hatte.

Ob die anderen Gäste das auch spürten? Irgendetwas geschah hier im Raum mit der Atmosphäre. Sie verdichtete sich, es schien fast so, als würde sie jeden einzelnen verändern, ihn offen machen für Neues und endlich einmal tief ausatmen lassen. Laras leise Stimme wirkte hypnotisch, und Rita beobachtete, wie sich immer mehr Gäste völlig entspannt zurücklehnten und auch nicht nervös wurden, wenn die Kellner auf leisen Sohlen durch den Saal schwebten, Gänge servierten, leere Teller abräumten und wieder verschwanden. Nichts schien es mehr wert zu sein, sich aufzuregen. Wenn die Natur so zum Greifen nah war, wie in Laras Geschichte, und wenn sie so einfache Antworten auf alle Fragen geben konnte, warum dann nicht einfach genießen, wie leicht das Leben sein konnte? Rita hatte das Gefühl, als setze Lara in aller Ruhe neue Maßstäbe, und sie war sicher, dass niemand den Saal am Ende der Lesung als der verlassen würde, als der er ihn betreten hatte.

Lara rührte keines der Gerichte an, die Horst ihr nach und nach vorsetzte. Sie rezitierte ihren Roman, schaute Roger an und blieb an seinem Blick hängen. Sie erklärte ihm ihre Liebe mit immer neuen Szenen, die das Publikum fesselten und verzauberten und Roger das zurückgaben, was er geglaubt hatte, verloren zu haben: Lara.

Rita spürte, dass dies eine Nacht der Wunder werden würde, nicht nur für die beiden jungen Leute. Nein, auch für sie. Und als dieser Gedanke wie eine Knospe in ihr aufsprang und sie im selben Moment zum wiederholten Mal den Blick ihres Mannes auffing, da legte sich alle Liebe, die sie für ihn empfand, in ihr Lächeln, und sie spürte, dass Horst verstand, was sie ihm damit sagen wollte. Seine dunklen Augen lachten, und sie fühlte sich plötzlich wieder wie siebzehn und hätte jubeln können. Sie würde nie mehr alleine sein. Nie mehr.

Kapitel 27

„Das waren drei wunderschöne Tage." Roger schob mit den Füßen ein wenig nasse Erde von links nach rechts und zurück. Dann hob er den Kopf und sah zu, wie Pocke hinter Safran her rannte und versuchte, es mit ihren weit ausholenden Sprüngen aufzunehmen.

Die Luft war klirrend kalt, und das Bellen des kleinen Rüden schien heute weiter durch das Tal zu tragen als an den Tagen zuvor. Die Kollegen in der Küche spekulierten bereits über eine weiße Weihnacht, aber Roger hatte andere Sorgen. Lara würde in einer halben Stunde aufbrechen und erst in einem knappen halben Jahr zurückkehren.

Sie saß neben ihm auf der Bank und lehnte den Kopf an seine Schulter. Sorglos hatte ihnen wieder Sitzkissen und warme Decken mitgegeben, sein Vater hatte Lara eine Thermoskanne mit Tee in die Hand gedrückt und zwei Tassen. Wenn sie nicht auf ihrem Zimmer waren, dann verbrachten Lara und er jede freie Minute hier draußen, wo sie sich ungestört fühlten. Das war natürlich Quatsch, denn Roger hätte seinen rechten Arm darauf verwettet, dass Sorglos wieder hinter einem der Fenster stand und sie beobachtete.

Das, was er in den letzten Tagen erlebt hatte, war überwältigend gewesen, aber Roger wollte jetzt möglichst keine Sekunde mehr mit Grübeln verschwenden, sondern für die wenigen Minuten, die ihnen noch blieben, nur Laras Nähe genießen.

„Ich werde dir weiter schreiben. Jeden Tag, wenn du willst."

„Die Adresse vom Hotel hast du ja." Roger grinste.

„Ich komme zurück. Das weißt du, oder?" Lara schmiegte sich enger an ihn und sah ihn von der Seite an.

„Das will ich wohl hoffen. Ich würde es nicht noch einmal überstehen, dich zu verlieren." Er zog die Decke ein wenig zurecht. Immer, wenn sich einer von ihnen bewegte, fand die kalte Luft einen anderen Weg.

„Du wirst mich nicht mehr verlieren. Nicht in diesem Leben." Sie schien zu überlegen. „Hast du über das Angebot von Sorglos nachgedacht?"

„Nicht nur ich", antwortete Roger. „Meine Eltern haben ziemlich unterschiedliche Ansichten dazu. Ich hatte schon Angst, sie zerstreiten sich wieder."

„Kann ich mir nicht vorstellen. Hast du mal beobachtet, wie die beiden sich ansehen? Nein, das hält jetzt, glaub mir."

Lara zog ihren Arm aus der kuscheligen Wärme der Decke und sah auf die Uhr. „Es hilft alles nichts, ich muss rein. Kommst du mit?" Sie stand auf und begann sofort zu zittern. „Safran! Pocke! Zu mir!"

Wie Pfeile schossen die beiden Hunde auf Lara zu. Safran ließ ihren Spurt in einer eleganten Kurve ausklingen, Pocke prallte beim Bremsen gegen Rogers Schienbein.

Roger streichelte den kleinen Mischling und dann auch die schöne Hundedame. „Weißt du, du könntest auch von hier aus Tierschutz betreiben. Ich würde dir helfen."

„Wie meinst du das?"

„Naja, wenn mir das Hotel mal gehört …"

„Du willst es also machen? Du willst wirklich noch mal die Schulbank drücken?" Laras Stimme überschlug sich, und Roger war sicher, dass er Begeisterung heraushörte.

„Warum nicht? Ich bin gar nicht so blöd, wie ich aussehe", grinste er, während er ihre Sachen zusammenräumte und Lara die Thermoskanne und die Becher in die Hand drückte.

„Ha, ha! Das meinte ich nicht. Ich meinte, wenn Sorglos dich in den nächsten Jahren zum Nachfolger aufbaut, dann werden wir ja sicher auch hier wohnen und dann kann ich vielleicht wirklich ein paar Hunde aufnehmen, wenn Not am Mann ist."

Roger hatte nur die Worte „dann werden wir ja sicher auch hier wohnen" gehört und hätte am liebsten die Kissen und die Decken auf die Erde geworfen und seine Freundin durch die Luft gewirbelt, aber Lara ging bereits Richtung Hotel und redete weiter. „Ich kann das doch auch lernen und dir helfen, oder? Und nebenbei schreiben und unsere Kinder großziehen, was meinst du?"

Roger kannte Fernsehserien, in denen die Männer unter Schock standen, sobald ihre Freundinnen Pläne für die Zukunft machten, aber ihm konnten sie in diesem Augenblick gar nicht konkret genug sein. Wenn es nach ihm gegangen wäre, dann hätte Lara ihre gemeinsame Zukunft bis ins hohe Alter verplanen dürfen, es hätte ihn nicht im Geringsten gestört.

„Red' weiter", sagte er also nur und lief hinter ihr den steilen Hang hoch. Die Hunde waren schon vorgelaufen und eine unsichtbare Hand hatte ihnen sofort die Terrassentür geöffnet. Hatte er also Recht gehabt, dachte Roger und schmunzelte. Sorglos und seine Neugier!

Na gut, es stand für den alten Mann ja auch eine Menge auf dem Spiel. Wenn er und Lara bei ihren stundenlangen Gesprächen nun ganz andere Pläne geschmiedet hätten, als

Sorglos sie ihnen am Tag nach der Lesung offiziell vorgeschlagen hatte, dann hätte es gut sein können, dass für den Hoteldirektor ein Traum platzte. Ein Lebenstraum.

Roger hatte sich sofort vorgenommen, seine Entscheidung davon abhängig zu machen, was Lara davon hielt. Was sollte er in ein paar Jahren mit einem Hotel, wenn die Frau, die er liebte, sich lieber in irgendwelchen exotischen Ländern herumtrieb, statt in dieser kleinen Stadt? Er wollte Lara aber nicht unter Druck setzen, daher tat er so, als hinge seine Antwort vor allem davon ab, was seine Eltern dazu sagten.

Und jetzt hatte Lara, ohne es zu wissen, dafür gesorgt, dass die Würfel so fielen, wie Sorglos und er selbst es sich gewünscht hatten. Lara wollte mit ihm hier die gemeinsamen Kinder großziehen? Keine Macht der Welt würde ihn jetzt noch davon abhalten, der beste Hoteldirektor Deutschlands zu werden, so viel stand fest. Er musste wieder die Schulbank drücken? Na gut, dann tat er das. Er musste nebenbei arbeiten, um Geld zu verdienen? Kein Problem. Das wäre doch wohl gelacht, wenn er das nicht schaffen würde!

Roger musste sich anstrengen, um mit ihr Schritt zu halten, er konnte sie kaum verstehen, während sie zwanzig Meter vor ihm in einem fort ihre gemeinsame Zukunft beschrieb. Er meinte, das Wort *Bestseller* gehört zu haben, und irgendetwas mit *Lesungen am laufenden Meter*, und sie hatte sich eben sogar umgedreht und gesagt, sie wolle mindestens vier Kinder und immer doppelt so viele Hunde wie Kinder. Oder hatte er sich da verhört?

„Lara"
„Ja?"
„Nicht so schnell!"

Lara drehte sich lachend zu ihm um. „Du musst lernen, mit mir Schritt zu halten, Roger. Wir haben so viel kostbare Zeit miteinander verloren, ich kann einfach nicht langsamer leben, jetzt wo ich dich endlich wiederhabe!"

„Ich meinte, renn nicht so!"

„Ach so!" Überrascht blieb sie stehen und wartete, bis er die letzten Meter des steilen Aufstiegs geschafft hatte und atemlos vor ihr stand.

„Du rufst mich jeden Abend an, ja?" Roger wusste, dass sein Blick wahrscheinlich etwas Flehendes hatte, aber das war ihm egal. Sein Vater hatte ihm ein nagelneues, popmodernes Handy geschenkt. „Warum bis Weihnachten warten", hatte Papa am Morgen nach der Lesung gesagt und ihnen allen beim Frühstück schon die Geschenke überreicht, die er vorsorglich für den Heiligen Abend besorgt hatte. Jeder hatte einen eigenen Laptop bekommen, selbst Tim und Tom. Und seine Mutter, die mit sehr verwuscheltem Haar aber strahlend morgens mit ihm am Frühstückstisch erschienen war.

„Bist du verrückt geworden? Was sollen wir mit sechs Rechnern in einer sechsköpfigen Familie, Horst?", fragte sie dann aber doch sehr irritiert, und Roger erschrak. Fiel sie jetzt schon in ihr altes Mecker-Muster zurück?

„*Ri Ta*-Maus, warte doch einfach mal ab. Ich habe mir schon was dabei gedacht."

Roger und seine Mutter sahen sich an. *Ri Ta-Maus* rief Erinnerungen an *Mes Ser* wach, und so mussten sie sich Eltern sich das Lachen verkneifen, und die Stimmung war ausgelassen und schön geblieben. Wenn alles gut ging mit den beiden, und Roger hatte das Gefühl, das würde es, dann würde der Nächste seiner Wünsche in Erfüllung gehen.

„Für dich habe ich keinen Laptop, Roger, tut mir leid, waren ausverkauft. Aber vielleicht kannst du hiermit mehr anfangen in Zukunft?" Und dann hatte er ihm dieses unglaublich tolle Handy geschenkt, mit allen Schikanen, selbst Internet.

Lara musste sich bestimmt erst an den Gedanken gewöhnen, dass sie zu jeder Tag- und Nachtzeit mit ihm telefonieren konnte, deswegen wollte Roger ganz sicher gehen, dass sie es nicht vergaß und erinnerte sie gerade sicher zum zehnten Mal daran.

„Roger, ich werde dich anrufen, vermutlich mehr als dir lieb ist, ok? Ich kenne sogar schon deine Handynummer auswendig. Kennst du meine auch?" Verschmitzt lächelnd stellte sie die Sachen, die sie trug, auf den Boden und nahm ihn in den Arm.

„Worauf du dich verlassen kannst", murmelte er und küsste sie. Als ein Klopfen an der Scheibe sie zurück in die Realität holte und sie Sorglos hinter der Tür erkannten, der immer wieder mit erhobenen Augenbrauen auf seine Armbanduhr tippte, mussten beide lachen. Die nächsten Jahre würden spannend werden. Es gab so viel zu lernen, so viel aneinander zu entdecken! Roger spürte, wie glücklich er war. Ja, es war wirklich alles gut geworden, alles! Und sein Vater hatte hoffentlich nicht ganz unrecht, wenn er sagte: „Das Glück, das du dir nicht durch die Finger rinnen lässt, ist das, welches du am meisten verdient hast."

Roger öffnete Lara die Tür und folgte ihr ins Hotel Sorglos.

Er war mitten in seiner eigenen Zukunft angekommen, und es lag in seiner Hand, was er aus ihr machte. Wenn er Glück hatte, würde sie großartig werden.

Kapitel 28

4 Wochen später

Zwilling1: *Hi, cool hier, oder?*
Zwilling2: *Kannste wohl laut sagen.*
Zwilling1: *HI, COOL HIER, ODER?!!!*
Zwilling2: *LOL*
Zwilling1: *Hä?*
Zwilling2: *Nix hä. Spiky Mike hat gesagt, das schreibt man so. Oder, Spiky Mike?*
Spiky Mike: *Klar. Ist Englisch. Laughing out loud. Willste dir hier Blasen tippen?! Lern das Zeug, echt.*
Zwilling1: *Hey, Spiky Mike, wir machen hier 'ne Geheimgruppe auf, dann findet uns niemand mehr!*
Spiky Mike: *Cool. Ihr kennt euch ja super aus!*
Zwilling2: *Sind ja auch seit Jahren hier.*
Spiky Mike: *Echt?*
Zwilling2: *Klar, über den Bruder von unserem Freund. Aber der ist jetzt im Knast. Autos geklaut und so.*
Spiky Mike: *Wie doof ist das denn?!*
Zwilling1: *Egal. In unsere Gruppe kommen nur Zwillinge rein. Sonst keiner.*
Zwilling2: *Unsere Eltern sind nämlich auch hier. Und unsere Geschwister. Echt voll blöd.*
Spiky Mike: *Ne Geheimgruppe ist super. Ich bin auch Zwilling.*
Zwilling2: *Nicht das Sternzeichen. Echte Zwillinge.*
Spiky Mike: *Sag ich doch. Ich hab 'ne eineiige Schwester. Ist voll gut drauf, echt.*

Zwilling1: *Mädchen in der Geheimgruppe?!! LOL!*

Zwilling2: *Wieso nicht? Sonst sind wir doch nur zu zweit. Das ist doch voll langweilig!*

Spiky Mike: *Leggy Reggi ist cool. Echt. Vielleicht machen wir aber 'ne eigene Geheimgruppe auf, wenn ihr uns nicht wollt.*

Zwilling2: *Siehste, Tim? Das ist doch scheiße! Spiky Mike, wir nehmen euch rein, ok?*

Zwilling1: *Warte, die Gruppe ist gleich fertig. So ... Moment. So ... Jetzt lade ich euch ein. So ... habt ihrs?*

Geheimgruppe Zwillinge

Zwilling2: *Ich bin drin.*

Spiky Mike: *Ich bin auch drin. Hab Leggy Reggi angefunkt. Da ist sie. Schickt euch gerade FAs.*

Zwilling1: *Hab sie. Ok.*

Zwilling2: *Ich auch. Hi, Leggy Reggi!*

Leggy Reggi: *Hi, coole Gruppe. Hi, Spiky Mike. Du sollst mal zu Mama kommen.*

Spiky Mike: *Gleich.*

Zwilling1: *Wollt ihr hier nur über eure Eltern quatschen?*

Leggy Reggi: *Nee.*

Spiky Mike: *Biste bescheuert? Aber manchmal ...*

Zwilling2: *Unsere sind cool, echt. Vor allem unser Vater.*

Spiky Mike: *Echt?*

Zwilling1: *Mama ist auch ok.*

Leggy Reggi: *Ja? Schön!*

Zwilling1: *Wenn sie das mit dem Autofahren wüsste ...*

Zwilling2: *Die würde ausrasten ... Da ist Papa cooler.*

Spiky Mike: *Muss offline, meine Mutter klingt genervt!*

<u>Leggy Reggi</u>: *Was denn für ein Autofahren? Hört sich ja verrückt an!*

<u>Zwilling1</u>: *Ist es auch. Ist aber nur auf'm VÜP.*

<u>Leggy Reggi</u>: *Wo?*

<u>Zwilling2</u>: *Verkehrsübungsplatz.*

<u>Leggy Reggi</u>: *Ach so. Cool. Muss offline, jetzt ruft mein Vater auch schon. Super Gruppe, übrigens! Bis später!*

<u>Zwilling1</u>: *Danke. Bis später.*

<u>Zwilling2</u>: *Sind die beiden offline?*

<u>Zwilling1</u>: *Ja.*

<u>Zwilling2</u>: *Die sind doch nett, oder?*

<u>Zwilling1</u>: *Find ich auch. Glaubst du, die sind wirklich Zwillinge?*

<u>Zwilling2</u>: *Na klar. Wir freunden uns doch nicht mit Spionen an. *grins*.*

<u>Zwilling1</u>: *Nee, wir sind ja nicht so blöd wie Roger.*

<u>Zwilling2</u>: *Nee, sind wir nicht. Papa ruft. Ich glaub, wir fahren gleich los.*

<u>Zwilling1</u>: *Ja, hör ich schon. Komm wir gehen. Ich fahr heute wieder zuerst.*

<u>Zwilling2</u>: *Nee! Nicht schon wieder du! Jetzt bin ich mal dran! Tim? TIM!? Mist.*

ENDE

Mein Dank bei diesem Roman gilt vielen: Andrea Wölk für ihr Engagement, Heidi für ihren Text-Spürsinn, meinen Eltern und Geschwistern für ihre Unterstützung, den Kolleginnen und Kollegen im Literaturhotel und all meinen Freunden in der realen Welt und in den sozialen Netzwerken für die Mitfreude. Und wie immer Dirk für alles, und das ist mehr als man glauben mag.

Goethe hat ausgecheckt
Andrea Reichart &
Peter-Gustav Bartschat
ISBN 978-3-943697-46-9 (TB)
ISBN 978-3-943697-45-2 (E-Book)

Stilblüten aus dem Buchhandel

Ab Frühjahr 2013 erhältlich!

www.oldigor.de

Darken I
Die Zusammenkunft
Lee Bauers
ISBN 978-3-943697-37-7 (TB)
ISBN 978-3-943697-38-4 (E-Book)

Der Auftakt der 10-teiligen Roman-Serie

Im Buchhandel erhältlich!

www.oldigor.de

Flo… Momente des Lebens
Angela Hünnemeyer
ISBN 978-3-943697-03-2 (TB)
ISBN 978-3-943697-02-5 (E-Book)

Wenn das Leben Schicksal spielt

Ab Winter 2012 erhältlich!

www.oldigor.de

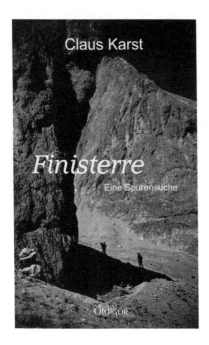

Finisterre
Eine Spurensuche
ISBN 978-3-943697-30-8 (TB)
ISBN 978-3-943697-29-2 (E-Book)

Wie weit gehst du, um deine Frau zu retten?

Ab Herbst 2012 erhältlich!

www.oldigor.de